Jean Michelin

Officier de l'armée de Terre, Jean Michelin a notamment effectué des missions en Guyane, en Afghanistan et au Mali. L'écriture est pour lui un vecteur de partage de son expérience et de devoir de mémoire envers ceux qui sont morts au combat. Après *Jonquille*, récit paru en 2017 chez Gallimard, *Ceux qui restent* est son premier roman, paru chez Héloïse d'Ormesson en 2022. Ce roman a notamment été finaliste du Grand Prix de l'Académie française et récompensé du Prix Le Temps retrouvé.

JEAN MICHELIN

Officier de l'armée de Terre, Jean Michelin [illegible] [illegible] [illegible] [illegible] [illegible] [illegible] [illegible] Mali [illegible] [illegible] sa expérience et de la [illegible] [illegible] [illegible] ceux [illegible] [illegible] [illegible] [illegible] [illegible] paru en 2017 chez Gallimard [illegible] [illegible] premier roman paru en [illegible] Helldivers d'Orquesta en 2022 [illegible] [illegible] [illegible] Grand Prix de l'[illegible] [illegible] [illegible] [illegible] [illegible]

CEUX QUI RESTENT

JEAN MICHELIN

CEUX QUI RESTENT

ÉDITIONS HÉLOÏSE D'ORMESSON

ISBN : 978-2-266-33534-8

Dépôt légal : août 2023

1

Ici

Il accéléra encore. Le souffle court, les lèvres sèches, il laissa échapper un gémissement puis précipita sa foulée jusqu'à ce que sa vue se brouille et que le battement du sang dans ses tempes étouffe la réalité autour de lui. C'était le seul moyen de faire le vide. Impossible, autrement, d'empêcher son cerveau de s'accrocher au moindre détail familier. L'école de la petite, là, juste derrière. La crêperie médiocre, à l'angle, dans laquelle ils étaient allés dîner une fois. La rue piétonne, les volets de fer des boutiques recouverts de graffitis délavés. Au feu, à droite, l'avenue sans âme qui menait vers les centres commerciaux, la pluie qui griffait la lumière des projecteurs sous les panneaux publicitaires. L'ombre patibulaire du pont de la voie ferrée, le vague souvenir des derniers trains, peut-être dix ans plus tôt. Même lorsqu'il fermait les yeux, son corps tout entier s'acharnait à lui rappeler son ancrage dans ce monde borné, rempli de repères, de règles, d'angles droits, de menaces. Sa course vers rien devenait une fuite. Alors il accélérait à nouveau, attendant le moment où la douleur prendrait le dessus sur le reste.

Il suffisait souvent de quelques centaines de mètres, quelques dizaines de secondes et il n'en pouvait plus ; il tombait à genoux, s'étranglait, crachait, les yeux noyés de larmes, il vomissait parfois, quand il avait quelque chose à vomir. Une fois, il s'était même évanoui brièvement sous la violence inouïe de l'effort. C'était parfait.

Ce soir, la douleur tardait à venir. C'était une vilaine nuit de novembre. L'horloge de la pharmacie indiquait trois heures du matin. La croix verte se reflétait dans l'eau des flaques et l'écho liquide de ses pas résonnait sur les murs. Il serra les dents, s'efforçant d'aller plus vite encore.

Il n'avait jamais aimé courir. Dans son ancienne vie, c'était une corvée à laquelle il fallait se plier, c'était le boulot, le rituel immuable des aubes grises. À présent qu'il avait remisé son uniforme, il aurait pu faire autre chose, du foot avec son gamin, du vélo, du crossfit ou un autre sport à la mode aux exercices portant des noms anglais prétentieux. Mais non : il courait, et c'était tout. Il se fichait complètement des marathons et des compétitions locales dans lesquelles il aurait sans doute pu bien figurer. Les footings du dimanche le long des mêmes sentiers, vêtu des mêmes tenues fluorescentes que ses voisins, ne l'intéressaient pas davantage. Il ne voulait pas faire de sport. Il ne voulait même pas rester en forme. Il ne voulait surtout pas concourir à quoi que ce soit. Il voulait s'épuiser suffisamment pour réussir à s'endormir. L'effort physique au-delà du raisonnable était la seule chose qui fonctionnait encore.

Il avait quitté l'armée quelques mois plus tôt. Plus envie, le mécanisme s'était brisé, sans doute pendant la dernière mission, ou alors juste après le retour. Quand il avait annoncé sa décision, ses chefs avaient essayé de le remotiver, de lui donner des perspectives, une mutation, des stages, des objectifs à atteindre. Il s'en foutait. Il ne demandait rien. Il voulait arrêter.

Les insomnies n'étaient pas venues tout de suite. Bien sûr, il y avait eu la colère et la fatigue coutumières des retours, les premières nuits agitées de ces cauchemars dont il ne se souvenait jamais et que Mathilde lui racontait à son réveil, en détournant les yeux pour cacher son inquiétude. Il y avait eu d'autres choses aussi, des sursauts, des angoisses, quelques accès de rage, le souffle court, le teint pâle, les dents et les poings serrés, la tempe qui palpite. Rien de grave au fond, il suffisait d'attendre que le moment passe. Il finissait toujours par reprendre le contrôle. Il avait de l'espoir pour la suite : le printemps arrivait, les enfants avaient grandi, on irait à la mer cet été. On ne pouvait tout de même pas passer sa vie à se lamenter en se regardant le nombril. C'est lorsqu'il avait fallu reprendre le travail, remettre le treillis, retrouver sa section, en morceaux elle aussi, que la machine s'était peu à peu déréglée.

Il avait d'abord vu réapparaître les tics de son enfance, de plus en plus fréquents, et des gestes qu'il ne s'expliquait pas. Il passait son temps à se gratter les avant-bras, à tirer les épaules vers l'arrière comme s'il était engoncé dans une chemise trop étroite. Désagréable, mais pas alarmant. Il s'était rassuré en se disant qu'il ne buvait pas plus que de raison et n'en avait pas l'intention. Il n'était pas non plus devenu violent. Au fil des semaines, il avait juste arrêté de rêver, puis arrêté de dormir.

Et puis un matin d'avril, le reflet de son visage dans la glace lui sembla être celui d'un étranger. Tout était là pourtant, la mâchoire carrée, les cheveux courts – trop courts, « courts sans équivoque », lui disait Mathilde avec un rire forcé et un peu résigné – et à peine grisonnants, les joues creuses, les rides au coin des yeux, celles que l'on attrape à force de parler à la troupe en se mettant face au soleil. La tronche et le corps d'un vieux soldat dont le regard était en train de disparaître. Une seconde plus tard, il avait laissé glisser la lame de son rasoir sur sa peau, peut-être sans y faire attention, peut-être en le faisant exprès. Une toute petite entaille. À la vue de la première goutte de sang, il s'était effondré, en larmes, sur le carrelage de la salle de bains.

Deux heures plus tard, le dos raide dans sa tenue impeccable, le regard sombre et les traits tirés, un minuscule pansement dans le cou, il était allé frapper à la porte du capitaine et lui avait annoncé qu'il prenait sa retraite. Marre de sa chambre de célibataire à la sortie du régiment, marre des deux heures de route le week-end pour rentrer chez lui. Marre des rassemblements, de l'attente, des responsabilités, marre de tout. Il voulait refaire le toit de sa maison, respirer, réfléchir, construire des cabanes pour ses mômes, passer à autre chose. C'était du moins ce qu'il avait dit au capitaine, puis au président des sous-officiers, puis au colonel. En vérité, il voulait surtout dormir. Deux mois plus tard, une cérémonie rapide et un peu triste sur la place d'armes du régiment avait officialisé son départ.

Il n'avait pas été question de s'arrêter de travailler. Pourtant, la maison était presque payée, sa petite pension et le salaire de Mathilde auraient suffi pour qu'ils vivent confortablement pendant quelques mois au moins, le temps de faire le point et de se remettre d'aplomb, mais il n'avait rien voulu entendre. Un copain de copain lui avait trouvé un poste de gardien dans un entrepôt pas très loin de la maison. Deux semaines après avoir rangé ses treillis et ses souvenirs dans une grosse cantine de fer qu'il avait traînée au grenier, il avait signé son contrat, reçu ses clés et son badge, et fait ses débuts dans le monde de la sécurité privée. Mal à l'aise dans une mauvaise copie d'uniforme, il avait retrouvé les gestes du matin et remis un pied dans la routine que l'on exècre mais qui donne un cadre et un objectif. Il avait essayé et échoué. Il ne dormait plus du tout. Il traversait les nuits secoué de terreurs et les journées comme un fantôme.

Mathilde avait tenté de l'aider. Elle savait faire. Elle avait appris à consoler, à caresser, à ne rien dire, à caler son souffle sur le sien, à attendre immobile et en silence que le sommeil vienne l'engloutir. Rien n'avait fonctionné. Alors elle l'avait traîné chez le médecin, puis chez un psy, elle avait écumé les forums de discussion sur Internet, redoutant une tumeur au cerveau, une méningite, un truc foudroyant, sorti de nulle part, plié en deux mois. À court d'idées, elle l'avait même emmené chez une rebouteuse locale complètement allumée. En sortant du cabinet de la sorcière, une pièce sombre qui empestait l'encens bon marché et la poussière accumulée sur des coussins râpés, il lui avait demandé d'arrêter de l'aider, avec une douceur qu'elle ne lui connaissait pas.

Elle s'était résignée. Et lui s'était retrouvé seul face à ses nuits blanches. À la fin de l'été, il avait commencé à courir.

Il était presque à la sortie de la ville lorsqu'il sentit enfin ses jambes lâcher. Il se laissa tomber vers l'avant, s'accrochant de justesse à un lampadaire pour ralentir sa chute. Tremblant de tous ses membres, il attendit à quatre pattes que le martèlement furieux de son cœur ralentisse un peu. Entre deux hoquets, une nausée libératrice lui fit cracher une mince flaque jaunâtre sur le bitume. C'était le signal : vite, rentrer dormir, tout de suite, avant que la conscience revienne pour de bon. Ignorant le goût âcre dans sa bouche, il se releva et regarda autour de lui. Il n'était pas trop loin, parfait. Il fit demi-tour d'un pas mal assuré.

Dix minutes plus tard, il s'engageait dans la petite allée pavillonnaire au bout de laquelle se trouvait la maison. Son souffle s'était apaisé, ses paupières alourdies. Il avait trois bonnes heures à dormir avant que le réveil sonne. Il sentit une vibration discrète dans sa poche : à cette heure-ci, sûrement Mathilde qui s'était réveillée et s'inquiétait. Agacé, il sortit son téléphone. Elle savait bien, bon sang. Mais ce n'était pas Mathilde, à sa grande surprise, c'était Marouane, son ancien adjoint : « mon ADJ appelé moi ya un pb avec Lulu ».

Stéphane fronça les sourcils et, sans s'arrêter de marcher, envoya sa réponse : « Je t'ai déjà dit d'arrêter de m'appeler "mon adjudant" ». Il poussa le portillon de son jardin et rentra dans la petite maison silencieuse.

2

Là-bas

Stéphane ferma les yeux et tourna la tête vers le timide soleil d'hiver qui se levait derrière les barbelés. Ses quatre blindés avaient rejoint la colonne formée à grands gestes par l'officier adjoint de la compagnie. Le haut-parleur du poste de radio, à côté de lui, égrenait les comptes rendus au fur et à mesure que chaque véhicule venait prendre sa place. Il regarda sa montre : sept heures moins le quart. Ils étaient en avance, les habitudes avaient la peau dure.

Il avait toujours aimé les départs en patrouille. L'Afrique, les Balkans, l'Afghanistan : chaque théâtre d'opérations avait sa propre musique, ses propres règles et ses propres rituels, mais l'agitation tranquille des groupes de combat embarquant à l'arrière des blindés était immuable. Les pilotes faisant le tour de leurs engins avant d'allumer les moteurs. La fumée des échappements qui se mêlait à la buée des souffles dans la lumière froide.

Les caporaux aboyant sur les jeunes, vérifiant une fois encore leur matériel. Les inquiets qui choisissaient mal leur moment pour aller faire un tour aux toilettes – « le pipi de la peur », comme on l'appelait – et les distraits prenant soudain conscience qu'ils avaient laissé les piles de la radio sous la tente. Même la petite boule dans le ventre, intime, solitaire et chargée de mauvais pressentiments, était devenue une compagne familière.

Il avait passé vingt ans en section de combat et y avait occupé tous les postes ou presque : grenadier-voltigeur, chef d'équipe avec deux soldats sous ses ordres, chef d'engin, chef de groupe, dix soldats et un blindé, sous-officier adjoint, et désormais chef de section. Il avait piloté tous les véhicules et tiré à toutes les armes. Il était chez lui sur le terrain, peut-être davantage qu'entre les murs de sa maison. Il savait déceler dans le regard de chacun de ses quarante soldats la moindre inquiétude, le moindre agacement, parce qu'il les avait éprouvés avant eux. Bien sûr, les gars avaient changé, les missions aussi, mais pas l'atmosphère. C'était réconfortant.

L'introspection était un privilège de chef : il avait longtemps vécu ces départs sans y réfléchir. Quand on est jeune sergent, avec une dizaine de têtes brûlées à surveiller en permanence, on a rarement le luxe de contempler l'horizon d'un air pénétré au milieu du tumulte brouillon d'une compagnie qui fourbit ses armes. Maintenant qu'il était chef de section depuis trois ou quatre ans, il commençait à connaître son affaire et savait être économe de ses emportements, une attitude qui lui conférait une aura mystérieuse dont il prenait grand soin.

Personne n'aime suivre un chef qui s'énerve toutes les cinq minutes, surtout pas au combat : il laissait ses sergents et ses caporaux-chefs faire la police et donner de la voix. Lui effectuait les gestes du départ sans précipitation, dans un calme apparent dont tout le monde apprend vite qu'il est la meilleure protection contre sa propre peur. Il y avait toujours quelqu'un pour qui c'était la première fois. Pas lui.

Avec le temps, il avait pris du recul sur le métier. Il n'ignorait plus le caractère dérisoire de ce qu'ils faisaient, l'éternel recommencement des efforts et des erreurs lorsque la relève arriverait dans quelques mois pour poursuivre l'ouvrage, reprendre le tissage patient des liens de confiance avec les notables locaux, la relation qui se construit, patrouille après patrouille, mandat après mandat, « vous avez la montre, on a le temps » et toutes ces conneries. Les visages fatigués des vieux sur le bord des routes, les gamins qui font des signes amicaux, moqueurs ou menaçants selon l'humeur du jour, il les avait tous vus, de toutes les couleurs, de toutes les religions. Les visages se mélangeaient dans sa tête quand il y repensait. La guerre était toujours la même, peignant les souvenirs de cet ocre sale, celui de toutes les poussières qu'il avait accrochées aux semelles de ses chaussures.

Rouvrant les yeux, il vit que le capitaine Bourguet l'avait rejoint. Il sourit et se redressa dans un garde-à-vous approximatif, encombré par son équipement.

« Mes respects, mon capitaine.

— Bonjour, mon adjudant. Tout va bien ?

— Tout va bien. La section est prête à partir.

— On va devoir attendre un peu. Les hélicos sont pris sur une évacuation et je crois que le CO[1] veut s'assurer qu'ils soient à portée.

— Vous avez une idée du délai, mon capitaine ?

— Pas encore. Je ferai passer le mot à la radio, mais à mon avis, on a au moins une demi-heure devant nous. On va laisser la colonne formée et renvoyer les mecs aux tentes, qu'ils puissent boire un café.

— Reçu, mon capitaine. Je bouge pas, de toute façon.

— Vos gars vont bien ?

— Ils vont bien. Les plus jeunes tirent un peu la langue avec la fatigue, mais ça tient la route. Les sergents font du bon boulot.

— Bien. Je vous tiens au courant. »

Le capitaine repartit, suivi par son radio qui marmonna au passage un « mes respects mon adjudant », auquel Stéphane répondit d'un hochement de tête. Il aimait bien le capitaine Bourguet, un ancien qui devait avoir son âge – c'est-à-dire un mec qu'on pouvait appeler « le vieux » sans que ça sonne comme une plaisanterie ratée. Un type solide, qui connaissait son métier et le faisait bien. Peu de marottes, peu de mots, l'autorité tranquille de celui qui sait déjà qu'il n'ira guère plus haut dans la hiérarchie et qui tient son affaire avec méthode. Stéphane avait vu défiler assez de commandants de compagnie plus excités les uns que les autres pour apprécier la relative tranquillité d'un chef qui ne leur infligeait pas

---

1. Centre opérationnel : le poste de commandement d'un bataillon en opérations.

une idée fulgurante par semaine. Finalement, ils se ressemblaient avec le vieux. Besogneux et solides.

Le message radio arriva quelques minutes plus tard. « Départ reporté d'une heure. Laissez une garde aux véhicules et une écoute radio permanente. Tout le monde prêt à sept heures cinquante, groupes embarqués et moteurs tournants. » Stéphane appela Marouane qui rigolait avec un autre sous-officier et lui demanda de rassembler les chefs de groupe. Il donna ses ordres et renvoya ses quarante soldats vers la chaleur relative de leurs tentes.

Une fois les groupes partis, masse bruyante et rigolarde en quête d'une cafetière pleine et d'un oreiller tiède, Stéphane déposa sa musette et son barda, puis aperçut Lulu, cigarette au bec, en train de bricoler une antenne sur le toit de son blindé.

« Tu fumes trop, Lulu. Je te l'ai déjà dit. »

Lulu sourit, déplia sa longue carcasse et descendit de l'engin en se laissant glisser le long d'une roue. Il n'avait plus l'âge de sauter de la plage avant : sagesse militaire acquise à la dure, quand les genoux commencent à protester.

« Mes respects, mon adjudant. »

Ils se serrèrent la main.

« Qu'est-ce que tu fous là ? Le sergent avait personne d'autre pour garder son taxi ?

— Si, si, c'est moi qu'ai demandé à rester, je voulais regarder cette foutue antenne, on a un faux contact quelque part et ça merde de temps en temps. »

Stéphane ne répondit pas. Lulu et lui se connaissaient depuis vingt ans, depuis leur incorporation comme jeunes engagés d'une armée professionnelle balbutiante, dans la même section, dans le même régiment. Autant dire depuis toujours, tant ils avaient peu de souvenirs de leur vie d'avant.

Physiquement, Lulu ne lui ressemblait pas du tout. C'était un type grand, une bonne tête de plus que lui, mince comme une ficelle, le visage fendu d'un nez long et fin qui lui donnait un air d'oiseau déplumé sous deux yeux minuscules sans cesse en mouvement. Stéphane était un austère qui s'était détendu, Lulu un marrant qui s'était assagi.

Ils n'étaient pas devenus amis tout de suite. Mais ils avaient vu, ensemble, le reste de leur contingent quitter l'armée d'année en année : ceux qui n'avaient pas tenu le coup pendant les classes et avaient résilié pendant leur période d'essai, avant que l'on ne puisse se rappeler leur nom. Ensuite, les fins de contrats : à trois ans, à cinq ans, à huit ans, à onze ans, à quinze ans. Et puis les départs au fil de l'eau, le mec qui ne revient pas de permission, celui qui se fâche avec un chef et s'évanouit dans la nature, l'attrition ordinaire des accidents de la route et des déprimes saisonnières. Aujourd'hui, sur les quarante-cinq jeunes engagés qui avaient signé en même temps qu'eux, il n'en restait que trois ou quatre, et seuls Stéphane et Lulu étaient toujours au régiment. Les autres étaient partis vers leurs destins de père de famille, de chauffeur routier, de plombier, d'électricien, d'agent de sécurité, de vendeur ou d'entrepreneur, vers leurs pavillons dans une banlieue de province, vers leurs femmes et leurs gosses, vers le tranquille anonymat d'une vie moyenne, ses joies moyennes, ses peurs moyennes, ses tragédies moyennes. C'était très bien ainsi. Stéphane et Lulu s'étaient rapprochés au fur et à mesure que les visages changeaient autour d'eux. Ils avaient fini par tout connaître l'un de l'autre, les cicatrices, les familles, les soucis, les espoirs. Leur relation s'était consolidée de mission en mission à force d'écumer les sales recoins du globe, et de retour en retour, quand il fallait bien trouver quelqu'un avec qui ne pas discuter de ses cauchemars mais dont on sait qu'il sait.

Stéphane avait gravi les marches, une par une, passé les sélections pour devenir sous-officier, puis les examens divers qui jalonnent ce genre de carrière. Il n'était ni le plus intelligent ni le plus fort physiquement, mais au moral et au travail il avait cette ambition silencieuse et volontaire qui le faisait toujours terminer parmi les premiers. Il avait peu de prédispositions, mais il était têtu, parfois buté. Le courage des laborieux. Leur fierté, aussi.

Lulu avait fait d'autres choix. Une fois le galon de caporal-chef atteint, en même temps que Stéphane, il avait décidé que cela suffirait. Il avait passé les années suivantes à refuser systématiquement les appels du pied de ses chefs pour monter en grade. Il n'avait jamais changé de compagnie et avait insisté pour rester en section de combat, ce qui en faisait un spécimen rare chez les vieux caporaux-chefs. Quand Stéphane était passé adjudant, il s'était retrouvé dans la compagnie de leurs débuts. Il avait obtenu du capitaine que Lulu rejoigne sa section et l'avait nommé adjoint d'un chef de groupe – invariablement, celui de son plus jeune sergent.

Lulu, dans le travail, avait toujours refusé de tutoyer Stéphane depuis qu'ils ne portaient plus le même galon sur la poitrine. Il suivait les règles qu'imposait la hiérarchie, même lorsqu'ils étaient seuls, comme ce matin, préservant un formalisme qui agaçait un peu Stéphane. Après tout, il avait vu pleurer ce grand couillon comme un môme au retour d'une mission où l'un de ses jeunes s'était tué dans un accident de la route idiot. Lulu lui avait dit des trucs qu'il n'avait jamais dits à personne et surtout pas à sa femme. Il l'admirait. Il lui avait demandé d'être le parrain de son fils. Mais précisément pour toutes ces raisons, Stéphane savait que Lulu ne changerait pas d'avis, ni sur ce sujet, ni sur aucun autre.

Lulu écrasa sa cigarette et mit le mégot dans sa poche, une habitude de vieux soldat qui lui faisait traîner une vilaine odeur de tabac froid partout où il passait. Il tourna les yeux vers l'antenne qu'il essayait de réparer et haussa les épaules.

« J'ai pas trouvé. Faudra que j'aille voir les mecs des transmissions. J'espère que ça merdera pas aujourd'hui. » Puis il sortit une autre cigarette, qu'il tendit à Stéphane.

« Tu fais chier, Lulu. » Stéphane avait arrêté de fumer depuis des années, une résolution prise pour échapper aux colères de Mathilde, et à laquelle il concédait de rares écarts, toujours loin de la maison. Il prit la cigarette et la tendit vers la flamme du briquet de Lulu.

« Allez, mon adjudant, faut bien mourir de quelque chose. Ça ou une roquette dans la gueule, on va tous y passer aujourd'hui ou demain, de toute façon. »

Stéphane sourit. Lulu et ses réflexions à la con.

« Il va comment, Junior ?

— Le sergent ? Il va bien. On le savait, hein, mon adjudant, c'est un bon, lui, pour de vrai. Deux ans de service et il met déjà tous les autres à l'amende. Moi le premier.

— Il carbure, c'est sûr, mais j'attends de voir dans la durée. Souviens-toi l'an dernier, après la Guyane, il avait eu un gros passage à vide.

— C'était différent, mon adjudant, c'était sa première mission. Là, il est bien. Je le vois : avec les jeunes, avec les autres groupes, franchement, ça déroule. Il a pas vraiment besoin de moi. Vous pourriez lui filer une brosse à chiottes comme adjoint que ce serait pareil. Demandez au capitaine ce qu'il en pense, tiens.

— Je lui ai déjà filé une brosse à chiottes comme adjoint. »

Lulu sourit.

« Reçu, mon adjudant. »

Stéphane regarda sa montre.

« On a encore un peu de temps. Je te paie un café. »

3

Ici

Mathilde entendit le cliquetis de la porte d'entrée. Stéphane échouait toujours à se faire discret lorsqu'il rentrait de ses escapades nocturnes : comme un gros animal, il finissait par bousculer quelque chose dans le couloir et étouffer un juron. Il avait la maladresse de ceux qui craignent de casser tout ce qu'ils touchent, les objets comme les gens.

Elle resta immobile, le laissant accomplir son rituel. Il prendrait une rapide douche en bas, puis viendrait se faufiler dans le lit. Elle ferait semblant de dormir, bougeant à peine pour qu'il vienne se coller contre son dos, où il s'endormirait enfin. Ils le savaient tous les deux, dans l'un de ces arrangements tacites que les vieux couples ont parfois pour s'accommoder d'une réalité trop encombrante.

Elle ferma les yeux, se réveilla quelques minutes plus tard, surprise de ne pas le voir arriver. Il s'était passé quelque chose. Elle se leva d'un seul mouvement et se dirigea vers la salle de bains. Lorsqu'elle ouvrit la porte, il était en face d'elle, son téléphone à la main.

Il lui sourit. Il était sans doute le seul à s'émerveiller de la grâce de ballerine qu'elle avait gardée sous un corps que les années avaient légèrement alourdi. Elle avait un visage rond ceint d'un carré de cheveux courts, qu'elle avait commencé à teindre en noir à la première alerte. Et un joli sourire sous un nez pointu, avec lequel elle s'autorisait parfois des airs de gamine espiègle. N'importe qui l'aurait trouvée quelconque. À ses yeux, c'était une reine qu'il pensait ne pas mériter.

« Je t'ai réveillée ?

— Non, non. Enfin, oui. Viens te coucher. Il est trop tôt.

— Je peux pas. Faut que j'appelle Marouane. Il y a un truc.

— Chou, il est trois heures et demie du matin. Il y a un truc, d'accord, mais toi, tu n'es plus militaire. Marouane peut attendre demain matin. »

Il comprit qu'il n'était pas question de discuter. Il saisit la main qu'elle lui tendait et la suivit dans la chambre. Une fois au lit, il eut le temps d'envoyer « demain » à Marouane avant qu'elle lui prenne son téléphone d'un geste autoritaire et le pose sur sa table de chevet. Les jambes de Stéphane tressautaient encore sous la violence de l'effort qu'il venait de s'infliger.

Elle l'embrassa doucement puis se retourna, l'invitant à se blottir contre elle. La chaleur du corps de Mathilde et la fatigue firent effet, Stéphane s'endormit presque aussitôt. Mathilde entendit son souffle ralentir. Elle eut un sourire triste pour elle-même avant de fermer les yeux à son tour.

Elle se réveilla dans un lit vide. Le réveil indiquait sept heures : plutôt une bonne nuit, en définitive. Les enfants ne se lèveraient pas avant une grosse demi-heure. Elle enfila un vieux peignoir en coton et descendit à la cuisine. Derrière la porte, on devinait la lumière allumée et l'odeur du café frais. Stéphane était au téléphone. Elle s'approcha en silence et tendit l'oreille.

« … Et personne ne sait rien ?

— …

— Je sais pas ce que tu veux que je fasse. J'ai pas de nouvelles, en tout cas pas depuis deux ou trois mois.

— …

— Je sais bien. Je suis pas sa mère non plus, ni sa femme. Et d'ailleurs, tu l'as eue au téléphone ?

— …

— Oui, oui, je me doute. Bon. Et le capitaine, il dit quoi ?

— …

— Il faut voir avec lui d'abord, au moins pour vous couvrir. S'il y a besoin, bien sûr que je vous filerai un coup de main.

— …

— Non, mais je vais me démerder. Le patron est un ancien mili, il devrait être compréhensif.

— …

— T'inquiète pas pour moi. Oui… Oui, on fait comme ça.

— …

— D'accord. Rappelle-moi.

— …

— Et arrête de m'appeler “mon adjudant”, bordel. Je vais pas le répéter cinquante fois. »

Stéphane raccrocha. Mathilde poussa la porte de la cuisine.

« Alors, c'était quoi, cette urgence ?

— Bonjour, peut-être ? » Il tendit les lèvres dans sa direction. Elle vint les effleurer avec la légèreté d'un chat.

« Bonjour, chou. Tu as pu dormir ?

— Oui. Café ?

— Allez, te fais pas prier, dis-moi ! »

Mathilde s'impatientait. Stéphane se retourna pour remplir une tasse qu'il déposa sur la table, devant elle.

« Lulu a disparu depuis trois jours et personne ne sait où il est. Il est parti de chez lui dans la nuit de jeudi soir, sans rien dire. Depuis, silence radio. »

Mathilde s'assit à la table de la cuisine.

« Et Aurélie ?

— Morte d'inquiétude.

— J'imagine. »

Stéphane vint s'asseoir en face d'elle. Il tourna la tête vers la fenêtre. Il ne ferait pas jour avant une heure, au moins. Mathilde le regardait, en faisant tourner le café dans sa tasse d'un mouvement machinal du poignet.

« J'aurais pas cru ça venant de Lulu. C'est pas tellement son genre, si ?

— C'est bien ce qui m'inquiète. »

4

Ici

Marouane glissa le téléphone dans la poche de sa veste. D'un geste agacé, il alluma une cigarette et chassa la fumée d'un revers de la main. Romain hésita un instant à lui poser la question devant son visage renfrogné.

« Alors ?

— Alors il dit qu'il faut demander au vieux.

— Au capitaine ? Mais il va nous dire d'aller nous faire foutre, non ? Ou d'aller voir les gendarmes ?

— Bah, j'en sais rien. On a pas vraiment le choix, en fait. »

Marouane fronça les sourcils et fixa le bout de sa cigarette. Quand Lulu n'était pas venu bosser le vendredi matin, il avait vite compris que quelque chose clochait. Il s'était fait violence pour ne pas appeler Stéphane dans la seconde et avait embrouillé le nouveau lieutenant sans trop de difficultés pour gagner du temps. Mais voilà, trois jours plus tard, il allait falloir en parler aux chefs. Que Lulu rate une journée de boulot, c'était louche. Qu'il soit aux abonnés absents plus de trois jours n'était foutrement pas envisageable. Romain, en face de lui, essayait d'accrocher son regard.

« Chef, vous voulez pas qu'on en parle au lieutenant d'abord ? »

Marouane considéra cette option. Le lieutenant Charlier était arrivé à la compagnie trois mois plus tôt, en remplacement de Stéphane, enfin, de l'adjudant Humbert, parti à la retraite. C'était un jeune officier sous contrat tout juste sorti de l'école. Il était de bonne volonté, mais il avait encore beaucoup à apprendre. Le capitaine, au moins, connaissait un peu Lulu, et puis c'était lui le patron. Marouane soupira et se dirigea vers la porte du bâtiment.

« Il doit être au sport avec les gars. Non, on va aller chez le vieux direct, au moins on sera fixés. »

Romain n'était pas à l'aise avec cette idée et réfléchit à la meilleure manière de le formuler.

« Chef », commença-t-il. Marouane s'arrêta de marcher et se retourna vers lui.

« Écoute gros, j'ai compris. Tu veux pas aller voir le vieux. Eh ben tu viens pas. Je vais me démerder. Mais c'est ton adjoint qui a disparu. C'est ton groupe de combat. Et au prochain départ en OPEX, dans quoi, trois mois, c'est toi que les mecs vont regarder quand ils prendront des rafales dans la gueule.

— C'est pas ce que je voulais dire, chef.

— Rien à foutre de ce que tu voulais dire. »

Marouane jeta son mégot, furieux. Il savait déjà ce que le capitaine allait lui dire : « Tu fais chier, Guerrouj. » Toujours avec ce ton résigné, surtout quand il avait raison. « Tu fais chier, Guerrouj », Marouane avait entendu ça toute sa vie, de la bouche de ses capitaines et de ses lieutenants, et avant eux de ses professeurs et de ses camarades de classe. Guerrouj l'emmerdeur. Guerrouj et ses sautes d'humeur, ses caprices, son agressivité. Guerrouj qui ne laissait rien passer, jamais. Guerrouj la colère, celle qui était gravée jusque dans les traits de son visage. Il avait la peau mate, le cheveu sombre, le regard noir, le sourcil froncé même quand il riait, une ride profonde et volontaire en travers du front. Une ride qui disait sa détermination, cette ride à laquelle on répondait : « Tu fais chier, Guerrouj. »

Tout était obstacle pour lui, tout était montagne à gravir, confrontation à remporter. Il s'était engagé en cachette, le jour de ses dix-huit ans, pour échapper aux coups de ceinture de son père et aux larmes terrorisées de sa mère ; il était encore craintif mais redoutable. Sa férocité l'avait doté de prédispositions fort utiles au métier des armes, à commencer par une condition physique hors du commun, mais aussi d'une réputation de mec à problèmes qui l'avait précédé lors de son arrivée au régiment, quelques années plus tôt, encore sergent et déjà vieux pour son grade. Pour qui savait déchiffrer les euphémismes glissés dans ses bulletins de notation annuels, Guerrouj faisait chier, évidemment. Peut-être qu'avec un tempérament moins colérique, il aurait pu gravir les échelons plus rapidement, peut-être même devenir officier. Il avait les qualités, on le lui avait dit. Seulement voilà, il avait toujours fini par céder à un accès de furie. Les molaires qu'il avait cassées s'étaient chargées de le ralentir.

Lorsqu'il avait rejoint la section de Stéphane, il s'était promis de se tenir à carreau. En retour, l'adjudant lui avait donné sa chance et en avait fait son adjoint, malgré les réticences du capitaine. Marouane avait fini par accrocher le tableau d'avancement de sergent-chef. Il lui devait beaucoup et le savait.

« Tu fais chier, Guerrouj. » Il en avait ras le bol de ces sergents qui n'assumaient pas. Ras le bol des lieutenants et des capitaines qui ne captaient rien. Ras le bol du sentiment d'être le seul à en avoir quoi que ce soit à foutre de ce qui était arrivé à Lulu. Il ne voulait pas appeler la police. Il sentait que c'était autre chose que le fait divers habituel, autre chose que le militaire s'encastrant dans un platane au retour d'une soirée trop arrosée. Il aurait voulu le dire autrement qu'en aboyant, sauf qu'il ne savait pas faire. Romain aurait dû comprendre ça, mais il n'était décidément pas du même bois qu'eux – Lulu, l'adjudant et lui. Le lieutenant était trop vert pour assurer dans ce genre de situations. Il revenait à Marouane de tenir tout le monde à bout de bras, en attendant : la section, le matos, les mecs. « Tu fais chier, Guerrouj », oui, et heureusement. Ils n'avaient qu'à aller se faire foutre, tous.

Il commençait à se calmer lorsqu'ils arrivèrent à l'entrée du bâtiment de la compagnie. Romain avait sagement décidé de se taire sur le reste du trajet. Au fond du couloir, la porte du bureau du capitaine était ouverte et la lumière allumée. Marouane se retourna vers Romain : « Alors ? »

Romain hésita une seconde.

« Je viens avec vous, chef.

— OK. Tu me laisses causer. Je vais lui dire qu'on va aller chercher l'adjudant, qu'on va faire un peu le tour des connaissances de Lulu, tout ça. Faut qu'il nous laisse une semaine, et après on appellera les flics si on l'a pas retrouvé.

— Vous croyez qu'il va accepter ?

— J'espère bien, parce que je vais me barrer quelle que soit sa réponse. Alors autant qu'il me donne sa bénédiction. » Puis, avant que Romain ait le temps de répondre : « Et tu viens avec moi, quoi qu'il arrive. »

Marouane frappa sur l'encadrement de la porte. De l'intérieur du bureau, le capitaine lui dit d'entrer.

Il fallut quelques minutes à Marouane pour expliquer la situation et ce qu'il proposait, sous l'œil impassible du vieux. Lorsqu'il eut fini, le capitaine se leva, se dirigea vers la porte et cria dans le couloir, à destination du caporal qui tenait le service de permanence de la compagnie : « Ho, la semaine ! Apporte-moi trois cafés, tu veux ? » Il se rassit derrière son bureau.

« Bon. »

Un temps.

« Si je comprends bien, vous voulez une semaine de perm pour aller jouer aux détectives avec un adjudant en retraite, à la recherche d'un père de famille de quarante balais qui s'est évaporé. Et le tout alors que la compagnie est de garde, à dix jours d'un départ en manœuvres. J'ai bon ? »

Le caporal de semaine vint apporter les cafés tandis que Marouane se tortillait sur son fauteuil. Romain, s'enhardissant, prit la parole.

« Mon capitaine, c'est parce que c'est Lulu. N'importe quel autre gars, on aurait pas fait tant d'histoires. Mais vous savez bien. »

Romain avait touché le point sensible : oui, le capitaine savait bien. Il avait fait la mission avec eux. Il savait ce qui s'était passé avec Junior. Il avait les médailles et les rides au coin des yeux, il était du même monde et trimballait les mêmes silences au bord des nuits sans sommeil. Si lui ne comprenait pas, personne ne le pourrait.

« Bon. »

Encore un temps.

« Vous l'avez, votre semaine. Allez me le retrouver avant qu'il fasse une bêtise. »

Le capitaine s'interrompit. Quelques semaines auparavant, un caporal d'une autre compagnie s'était suicidé avec son arme de service lors d'un tour de garde. Le souvenir était encore vif.

Marouane esquissa un geste pour sortir quand le capitaine leva la main.

« Deux choses. Une : tout ça reste entre nous. Deux : Guerrouj, tu me désignes un chef de groupe pour prendre la section en votre absence.

— Prendre la section, mon capitaine ? Mais, le lieutenant ?

— Le lieutenant Charlier vient avec vous. Dis-lui de passer me voir quand il rentre du sport. »

Marouane ouvrit la bouche pour protester. Il se ravisa en croisant le regard du vieux.

« Reçu, mon capitaine. »

Ils sortirent du bureau.

5

Ici

Marouane exigea qu'ils prennent sa voiture, un vieux quatre-quatre qui avait presque l'âge de son propriétaire et qu'il utilisait pour tout et n'importe quoi, pour faire des liaisons sur le terrain, trimballer des cibles et des cartons de rations quand aucun véhicule de la compagnie n'était disponible. Le lieutenant Charlier n'avait pas discuté lorsque le capitaine lui avait exposé la situation. Il avait pris le temps de griffonner quelques ordres de vie courante pour le sergent qui commanderait la section en son absence, dans cette angoisse du débutant qui veut être certain que la règle et les apparences seront préservées. Puis il était repassé chez lui préparer un sac en attendant que l'énorme véhicule de Marouane vienne le récupérer devant la porte de son appartement.

Le soir tombait déjà, à cinq heures, sous les premiers rideaux grisonnants de l'une de ces vilaines pluies de fin d'automne dans le nord-est de la France, celles qui peuvent durer des jours entiers et dont on croirait parfois qu'elles ne cesseront pas avant des semaines. Après avoir traversé la petite zone commerciale et ses enseignes illuminées de néons criards, Marouane s'engagea sur la nationale qui sortait de la ville. Ni lui ni Romain n'avaient adressé la parole au lieutenant depuis qu'il était monté dans la voiture.

Assis sur la banquette arrière, Charlier regardait les lumières de la ville s'éloigner derrière eux. Puis il planta ses yeux dans le rétroviseur, accrochant fugacement ceux de Marouane. Il avait fini par remarquer que tous les vieux soldats avaient les yeux plissés en permanence. Lui, avec ses deux billes bleues grandes ouvertes, son visage rond et sa peau lisse, avait toujours l'air émerveillé et naïf d'un enfant curieux. Lorsque le capitaine l'avait présenté à la section, l'un de ses caporaux-chefs avait demandé qui était ce gamin qu'on leur envoyait, en marmonnant entre ses dents serrées. Charlier avait entendu un ricanement étouffé dans les rangs. Depuis, il s'efforçait de froncer les sourcils quand il parlait aux gars, mais n'y arrivait pas toujours.

Il secoua la tête comme au sortir d'un rêve.

« Chef ?

— Mon lieutenant ?

— On va où, exactement ?

— Chez l'adjudant Humbert, mon lieutenant. Vous savez… votre prédécesseur. »

Charlier, perplexe, s'était imaginé que leur premier arrêt serait la maison de Lulu – un surnom qu'il n'aimait guère mais avait fini par adopter, comme tout le monde. Même le colonel appelait le caporal-chef Guyader « Lulu », sans doute parce qu'ils se connaissaient depuis longtemps.

« Pourquoi chez l'adjudant Humbert ?

— C'est lui qui connaît le mieux Lulu. Ils ont fait leurs classes ensemble, quand moi j'étais encore à l'école primaire et vous au berceau. »

Un temps.

« Mon lieutenant. »

Charlier ne put s'empêcher de relever le soupçon d'accent du Sud que Marouane traînait encore en dépit d'une quinzaine d'années passées dans les garnisons autour de la ligne bleue des Vosges, notamment dans sa façon de prononcer « mon lieutenang' ».

Il était observateur, on ne pouvait pas le lui enlever. Malheureusement, ce n'était pas une de ces qualités qui permettent de briller immédiatement aux yeux de ses subordonnés et de ses chefs. Sentant que ses études tournaient en rond, il avait rejoint l'armée par curiosité et par manque de perspectives, alors que les portes étaient grandes ouvertes pour des profils comme le sien, généralistes et indécis. Il avait signé un contrat pour sept ans, dans l'infanterie, puis avait suivi le parcours de formation habituel pendant deux ans avant de se voir confier son premier commandement : cent sixième régiment d'infanterie, deuxième compagnie, deuxième section. Élise, sa fiancée – ou sa copine, il n'était plus vraiment sûr, c'était compliqué –, lui avait dit en riant que son adresse postale semblait tirée tout droit d'*Astérix légionnaire*. Elle avait ajouté, hilare : « troisième légion, quatrième cohorte, deuxième manipule… »

Charlier était timide aussi, et maladroit comme ceux qui veulent trop bien faire. Il avait pris le commandement de sa section sur la pointe des pieds. Son capitaine avait le regard trouble des vieux baroudeurs, et fort peu de patience pour ce lieutenant immature qui semblait toujours comprendre ses ordres de travers. Pour ne rien arranger, il succédait à un adjudant dont il avait vite compris qu'il était une figure du régiment. Il n'était légitime en rien et voilà que son adjoint se moquait ouvertement de son âge. Tout était parfait.

Il chercha le regard de Marouane dans le rétroviseur. Sans ciller, jusqu'à ce que Marouane lève les yeux.

« Pourquoi on commencerait pas chez Lulu ? Sa femme pourrait sûrement nous aider. »

Marouane détourna le regard et ne répondit pas. Le silence dura une dizaine de secondes avant que Romain n'intervienne.

« Mon lieutenant, la femme de Lulu n'aime pas trop le chef, je crois. Ni moi non plus, d'ailleurs. Et je... Enfin, on se disait que si l'adjudant était avec nous, ce serait plus simple d'aller lui poser des questions, vous voyez ? »

Charlier hocha la tête, résigné. Il n'était clairement le supérieur de personne à cet instant. On lui donnait du « mon lieutenant » pour la forme, mais le seul patron, c'était cet adjudant à la retraite chez qui ils allaient. Il observa les lignes discontinues de la route, éclairées devant eux par les phares de la voiture. La pluie ne cessait pas, la nationale était déserte. Marouane ajouta en soupirant : « On va dormir chez lui, mon lieutenant. On reviendra demain pour chercher dans la région.

— C'est loin d'ici ?

— Non, deux heures, deux heures et demie. On y sera pour le dîner. »

Invité surprise à la réunion des anciens combattants. De mieux en mieux.

« Chef ?

— Mon lieutenant ?

— Vous auriez pu me prévenir. Je… je comprends pas bien ce que je fais avec vous, en fait. »

Marouane leva de nouveau les yeux dans le rétroviseur.

« C'est les ordres, mon lieutenant. » Il hésita un instant avant de reprendre : « Je peux retourner vous déposer chez vous, si vous préférez. On est pas trop loin. »

Charlier sentit la voiture perdre un peu de vitesse alors que Marouane approchait de la sortie suivante. Il répondit, très vite.

« Non. Je vais pas donner une raison de plus au capitaine de me passer un savon.

— Comme vous voulez. On lui dira rien. »

« Rieng'. » Curieux comme l'accent de Marouane s'accentuait selon qu'il était nerveux ou non. La voiture reprit son allure de croisière. Charlier s'affaissa sur la banquette arrière de la voiture en soupirant et ne dit plus rien.

Ils s'arrêtèrent pour faire le plein dans une station-service une heure et demie plus tard. Le lieutenant offrit un café tiré d'une de ces machines à écran tactile et options multiples qui aboutit toujours au même goût décevant. Marouane et Romain sortirent ensuite pour fumer une cigarette. Charlier ne fumait pas mais les accompagna dehors. Abrités par le préau de la boutique, ils regardèrent tomber la pluie à travers les cônes de lumière des lampadaires.

« C'est curieux, cette histoire, quand même », dit Charlier.

Marouane tourna la tête vers lui.

« Pourquoi, curieux ?

— Je pensais pas que Guyader, enfin, Lulu, péterait une pile comme ça. »

Romain jeta son mégot dans le caniveau.

« On est pas sûr que ce soit ça, mon lieutenant. On en sait rien.

— Et puis y a pas vraiment de règle, avec ces trucs-là, mon lieutenant, renchérit Marouane. Dans la section, c'est surtout les jeunes qui ont craqué, mais dans les autres compagnies, il y a des anciens aussi. J'ai un collègue à la quatre, il a un de ses gars qui a été envoyé en soins psy, à Paris, je crois. Quinze ans de service, et le mec s'est mis à picoler, à taper sur sa femme et ses gosses. Alors qu'il a passé toute la mission dans un bureau. »

Charlier avait entendu toutes sortes d'histoires sur la mission. Il n'était pas certain que tout était vrai, il se doutait que des lieutenants en rajoutaient parfois dans les conversations pour se faire mousser, mais il en savait assez pour comprendre que ç'avait été dur.

Dans sa section, comme dans toutes les autres, l'absentéisme médical était monté en flèche. Il n'avait pas accès aux dossiers médicaux de ses soldats, bien évidemment, et ne savait donc que ce que les intéressés, ou les chefs qui les avaient commandés là-bas, voulaient bien lui dire, ce qui avait le don de le rendre fou. Chaque semaine ou presque depuis son arrivée, il avait dû envoyer tel ou tel gars à l'infirmerie, après l'avoir reçu dans son bureau. Souvent, les yeux étaient rouges, le souffle court, les paroles incohérentes. L'un d'entre eux n'avait pas réussi à articuler autre chose que « je peux plus, je peux plus ». Charlier recevait quelques heures plus tard un mot manuscrit du médecin, avec la mention laconique : « RDV spécialiste. Arrêt de travail 15 j. » Il prenait des notes, tâchait de retracer l'histoire de chacun, en s'appuyant sur le journal de marche et des opérations de la compagnie et sur les fiches de suivi que son prédécesseur avait remplies en fin de mission. Parfois, le type revenait quelques jours ou quelques semaines plus tard. Parfois, il donnait des nouvelles – « tout va bien, oui oui, je vais mieux, je reviens bientôt mon lieutenant ». Personne ne s'évanouissait dans la nature très longtemps, et si c'était le cas, c'était parce qu'on arrêtait de chercher.

Le stress post-traumatique frappait au hasard. Trois semaines plus tôt, l'un des meilleurs caporaux de la section, un gars qui se préparait à devenir sous-officier, avait été mis en arrêt de travail pour six mois. La plupart des concernés étaient de jeunes soldats. Untel, qui avait découvert un charnier pendant une patrouille. Tel autre, qui avait vu passer une roquette à cinq centimètres de la tête de son binôme. Ou juste l'accumulation. Une fois ou deux, Charlier avait réussi à cuisiner le médecin lors d'un passage à l'infirmerie, mais il n'avait rien appris qui lui permette de donner du sens à ce qui se passait. Et maintenant, Lulu.

Il avait tout de suite compris que Lulu était à part. Toujours à l'heure, toujours carré, jamais un regard ni un mot de travers. Lorsque Charlier l'avait reçu en entretien à son arrivée, comme on lui avait dit de le faire avec ses soldats, Lulu avait passé son temps à se dandiner sur sa chaise, mal à l'aise et exagérément formel face à ce jeune lieutenant qui avait quinze ans de moins que lui. Sa candeur avait frappé Charlier, lui qui était davantage habitué à ce que le moindre caporal de quatre ans de service et deux OPEX roule des mécaniques et le salue sarcastiquement, l'air de dire : « Je te présente mes respects parce que je le dois, mais tu ne les as pas gagnés. »

Sa disparition l'obligeait donc à s'embarquer dans une vieille guimbarde avec son sous-officier adjoint dont il sentait – à tort – qu'il ne l'aimait guère, et l'un de ses sergents quasi muet, pour aller voir un adjudant qu'il se figurait comme une légende vivante. Charlier ne savait pas si ce qu'il faisait était important ou dérisoire. Il s'était résolu à suivre le mouvement.

De retour dans la voiture, Marouane envoya un message à Stéphane pour les prévenir qu'ils arriveraient d'ici « une grosse demi-heure », puis ils reprirent la route. Charlier suggéra sans conviction qu'ils achètent des fleurs, une bouteille de vin ou n'importe quoi pour ne pas débarquer les mains vides. Le regard de Marouane dans le rétroviseur laissa deviner un sourire pour la première fois de la journée : « Vous allez bien vous entendre avec l'adjudant Humbert, mon lieutenant. »

Charlier haussa les épaules. La pluie n'avait pas cessé.

6

Là-bas

Lulu vit le caporal Dauphel sortir de la tente. Il avait les yeux gonflés et perdus des premières fois. Lulu aurait voulu lui dire que c'était normal de pleurer. Que c'était normal de ne pas dormir. Que ça irait mieux, que les copains et les chefs y veilleraient. Tous ces trucs qu'il avait assimilés sans savoir les exprimer. Lorsqu'il s'agissait de parler de la douleur dans ce qu'elle a d'intime, comme bien des soldats, il n'avait jamais su quoi dire, ni comment le dire. Alors il fit ce qu'il avait toujours fait. Il posa une main amicale sur son épaule, ajoutant d'une voix douce : « Allez, retourne à la tente et tâche de te reposer. On fera le point plus tard. »

Dauphel partit, la tête basse. Lulu frappa mollement sur le rabat de la tente. *Ploc ploc ploc*. Une voix de femme lui indiqua d'entrer.

Montée à la hâte à côté de l'infirmerie, la tente avait été aménagée en bureau après l'embuscade pour accueillir la psychologue. C'était une jeune femme d'une trentaine d'années au regard bienveillant, galon de capitaine sur la poitrine, qui semblait flotter dans un treillis trop grand. Lorsque Lulu, par habitude, se présenta au garde-à-vous et déroula sa présentation réglementaire, elle l'interrompit d'un joli sourire et lui demanda de s'asseoir.

La tente était presque vide. Une table et deux chaises, une lampe au plafond qui diffusait une lumière crue et, dehors, le ronronnement du groupe électrogène qui soufflait de l'air chaud à l'intérieur. La psychologue commença sa série de questions.

« Comment allez-vous, caporal-chef ?

— Je vais bien, capitaine, enfin, vu les circonstances.

— Vous savez pourquoi vous êtes là ?

— Mon chef de section m'a dit.

— Vous savez ce que je fais ? »

Le ton n'était pas vraiment interrogatif. Évidemment que Lulu savait.

« Vous vous assurez que je vais pas faire pipi au lit, capitaine. J'ai déjà connu ça, en Afghanistan, il y a quelques années.

— Que s'était-il passé ?

— À peu près pareil. Une embuscade qui avait mal tourné. Un gars de la section avait pris une balle. Il s'en est pas tiré. On était au contact, on a pas pu l'évacuer à temps.

— Bon. Votre dossier me dit que vous étiez l'adjoint du sergent…

— Junior. On l'appelait tous Junior. Son adjoint, oui.

— Vous voulez me raconter ? »

Lulu réfléchit un instant. Nerveusement, il fit tourner son alliance sur son annulaire, cherchant du doigt le relief de la gravure. La date, son initiale, celle d'Aurélie, un autre monde. La bague bougeait un peu trop facilement. Il avait maigri. Il nota dans un coin de sa tête qu'il faudrait penser à porter son alliance sur un lacet noué autour du cou. Vieilles habitudes de mission. La psychologue ne décrochait pas son regard du sien.

« Ben… On était au contact. Ça cartonnait sévère. En face, ils étaient je sais pas combien, peut-être dix ou douze, avec des lance-roquettes. Ils ont fait péter un IED[1], ils visaient le véhicule de tête. Le mien. »

Lulu cherchait ses mots, hésitait.

« Ils nous ont loupés, on a eu de la chance là-dessus. Alors on a débarqué et on a commencé à riposter comme on pouvait.

— Ça a duré combien de temps ?

— Je saurais pas vous dire. Quand c'est comme ça, on regarde pas sa montre, vous savez. Je… J'en sais rien. Une heure ? Une demi-heure ? Je me souviens qu'au bout d'un moment, l'adjudant a fait passer à la radio que les hélicos arrivaient.

— Vous étiez toujours au contact ?

— Oui, oui. En fait, ça s'est un peu calmé à ce moment-là, les mecs en face devaient essayer de manœuvrer ou de s'exfiltrer. On tirait moins… Ou alors on faisait gaffe aux munitions parce que ça partait vite, rien que moi j'ai

1. *Improvised explosive device* ou engin explosif improvisé : une mine artisanale ou piégée qui constitue souvent la principale menace sur les théâtres d'opérations du début du XXIe siècle.

dû lâcher deux cents cartouches. Et puis… et puis les hélicos étaient là, deux Tigre, et ça a repris.

— C'est là que le sergent a été touché ?

— Oui, enfin… Plutôt quand il a lancé le fumigène pour marquer l'avant de notre position. Je sais pas trop d'où c'est venu, mais j'ai entendu Dauphel crier "Homme à terre ! Homme à terre !" »

Lulu se tut, continuant de tripoter son alliance, l'air absent. Il fixait un point derrière l'épaule de la psychologue. Elle attendit patiemment qu'il reprenne le cours de son récit.

« C'était le sergent. Les réflexes ont pris le relais. On est allés le chercher, avec deux autres gars du groupe, et on l'a mis à l'abri derrière le char pour les premiers soins. On avait le médic de la section avec nous. Garrot, morphine, tout ça. Il avait pris un éclat dans la jambe.

— Et ensuite ?

— Ensuite les mecs en face se sont barrés, ou l'hélico les a eus, je sais pas, mais ça s'est arrêté d'un coup. L'adjudant a sécurisé la zone avec le reste de la section en attendant l'EVASAN[1] pour le sergent. On l'a mis dans l'hélico et on est rentrés.

— Quand avez-vous appris qu'il était mort ?

— En fin de journée. J'étais parti avec Doudou aux ateliers pour changer les pneus du véhicule, ils étaient en morceaux.

— Doudou ?

— Le pilote du blindé. Il était avec moi quand on a vu l'adjudant, le capitaine et le colonel se pointer. On s'est

1. Évacuation sanitaire.

doutés qu'il y avait un truc. On voit pas souvent les chefs se pointer en grappe dans les garages pour faire la conversation.

— Comment vous avez réagi ? »

Lulu soupira. Il cessa de toucher son alliance, mit sa main gauche dans sa poche. Il y avait un vieux mégot au fond.

« Ça m'a surpris. Je pensais qu'il s'en tirerait. La blessure était grave mais on avait réagi vite et comme il fallait, avec le garrot et tout.

— Et maintenant ?

— …

— Caporal-chef ?

— Je comprends pas votre question, capitaine.

— Et maintenant, comment vous vous sentez ?

— Ça va, capitaine.

— Vous savez que je n'irai pas répéter notre conversation à vos chefs, ni dans la salle café.

— Je sais, capitaine.

— Je ne vais pas non plus demander votre rapatriement.

— Je sais, capitaine.

— Moi, mon travail, après un événement traumatique comme celui que vous avez vécu hier, c'est d'identifier ceux d'entre vous qui sont potentiellement trop affectés pour continuer la mission. Et je… »

Lulu l'interrompit d'un geste de la main.

« Je sais, capitaine. Je connais. Vous embêtez pas avec moi, je vais bien.

— Vous avez l'air un peu tendu, tout de même.

— Je pense aux gars du groupe, capitaine. Les jeunes, y en a pour qui c'est la première fois. Comme mon caporal qui vient de sortir de chez vous, Dauphel.

— Vous savez, un stress post-traumatique, ce n'est pas forcément lié à l'ancienneté, ni à l'expérience.

— Capitaine, c'est pas un problème pour moi.

— Je n'ai pas dit ça.

— Le sergent... Junior, c'était un mec bien. Je suis triste, oui. Mais je peux pas y penser de trop. »

Il renifla les doigts de sa main gauche. Ils sentaient le tabac froid. D'un geste nerveux, il enleva son alliance et la glissa dans une poche de sa veste.

« C'est pas ma première OPEX où ça cartonne, je connais la chanson. Il va nous manquer, c'est sûr. Mais pour le moment, ma priorité, c'est la mission et les gars du groupe. L'adjudant m'a dit qu'on aurait un remplaçant, mais en attendant j'ai huit gars à commander. Et faut qu'on soit prêts à repartir.

— Je comprends.

— Je veux pas faire croire que je suis insensible et toutes ces conneries. Mais j'ai pas le droit de me laisser aller, les mecs, ils vont avoir besoin de moi. Il faut que je tienne la route pour eux, et pour la section. »

La psychologue le regardait toujours, elle ne souriait pas mais l'expression de son visage était douce.

« ... Et pour le sergent, on aura le temps d'être tristes et de faire le deuil quand la mission sera finie. Mais j'ai pas besoin de pilules, ou de repos, ou de rentrer en France. J'ai pas fait de cauchemars cette nuit. Je vais pas pisser au lit. J'ai passé les quarante balais, capitaine. Je gère.

— Je vois que vous avez vos mécanismes de protection en place, caporal-chef. Mais il faudra quand même que vous soyez suivi, au retour.

— Oui, oui. Au retour, capitaine. Au retour. »

La conversation se prolongea encore quelques minutes. Enfin, Lulu se leva, salua, malgré les protestations de la psychologue, et sortit de la tente d'un pas décidé. Stéphane attendait son tour quelques mètres plus loin, un gobelet de café froid dans les mains.

« Alors ?

— Bon pour le service, mon adjudant. »

7

Ici

Chaque fois, c'était le même cinéma, la même réunion d'anciens combattants, les mêmes remontées du Mékong, comme ils les appelaient entre eux en invoquant la mémoire d'un fleuve qu'ils auraient été bien incapables de placer sur une carte. Mathilde n'aimait pas vraiment ça. Sa zone d'ombre à elle, son angle mort, c'étaient les copains de l'armée, ceux que Stéphane qualifiait de « frères d'armes » avec un air grave qui ne lui allait pas du tout. Et comme des frères, elle ne les avait pas plus choisis que lui et devait faire avec.

Avec Stéphane, elle avait quinze ans de vie commune, deux enfants, des départs – en manœuvres, en mission – et des retours si nombreux qu'elle avait cessé de les compter. Quand elle l'avait rencontré, Stéphane n'était pas le prince charmant dont rêvent les jeunes filles. Mais il était rassurant et sérieux, un type bien. Il avait plu à ses parents. Il disait en rigolant « je suis un cheval de trait, pas un cheval de tiercé » avec une pointe d'humour acide qui l'avait séduite. Ils s'étaient aimés, et puis les absences aidant, ils avaient vieilli avant d'avoir eu le temps de se séparer : un jour, elle avait ouvert les yeux et quinze ans s'étaient écoulés, qu'elle avait accueillis d'un haussement d'épaules comme si tout ça n'avait guère d'importance, au fond. Elle avait découvert l'homme simple et bon que Stéphane était devenu au contact de leurs enfants. Et elle avait appris à vivre avec le reste, les colères rentrées, les silences, la face obscure. L'un dans l'autre, elle n'était pas si mal tombée.

Tous deux se connaissaient si bien que lorsque Stéphane était en mission, elle savait décoder son humeur en observant l'expression de son visage, déformé par les pixels de l'écran. Stéphane parlait peu, écrivait moins encore, mais il savait être chaleureux même en ne disant rien. Ils s'aimaient toujours, sans passion mais avec la certitude tranquille que c'était bien lui pour elle et elle pour lui, que le destin ne s'était pas trompé, avec une tendresse émoussée comme un vieux canif qu'il ne serait pas question de jeter.

Et pourtant, dès que Stéphane retrouvait ceux avec qui il avait connu l'expérience du combat, elle se sentait en présence d'un étranger. Elle les appréciait malgré tout, ses vieux copains de régiment qu'il traînait depuis tant d'années, mais il existait entre eux un lien secret dont la profondeur la terrifiait. Quinze ans de vie commune n'équivalaient pas à dix minutes sous le feu. Il lui avait fallu se résigner : ces gars connaissaient quelque chose de Stéphane qu'elle ne pourrait jamais approcher.

Elle chassa cette pensée et vint les accueillir sur le pas de la porte. Elle avait déjà vu Marouane, mais pas les deux autres qui se tenaient derrière lui, un peu raides. Cela ne changeait rien. Elle les conduisit au salon, alla chercher des bières au frigo, servit quelques bricoles pour l'apéritif, répondit poliment aux questions de courtoisie – expédiées trop vite pour être vraiment sincères mais cela faisait partie des usages. Enfin, elle les laissa à leurs récits de campagne. De temps en temps, lorsqu'elle distinguait le nom de Lulu, elle tendait une oreille discrète depuis la cuisine où elle préparait le dîner, ou apportait une nouvelle tournée de bières sur la table basse du salon.

Elle savait se réfugier dans les gestes du quotidien. Même plusieurs mois après le départ en retraite de Stéphane, les réflexes de la solitude, acquis au fil du temps et des absences pour s'occuper les mains et s'empêcher de cogiter, avaient la peau dure. Certaines femmes choisissent d'écrire ou de courir des marathons. Elle avait terrassé seule la plupart de ses angoisses et de ses chagrins les plus féroces, les mains dans la vaisselle ou dans le panier de linge sale, son mari à l'autre bout de la terre dans des endroits dont l'évocation la faisait encore frémir. C'était son mode de fonctionnement.

Quelques années plus tôt, elle avait toutefois entrevu un autre horizon possible. Stéphane devait suivre un stage de formation à Montpellier et il l'avait emmenée. À cette époque, ils n'avaient pas vraiment d'attaches, pas d'emprunt pour la maison, trois étagères et un canapé-lit pour tout mobilier. Elle était entre deux boulots et lui venait juste de rentrer de mission avec un peu d'argent. Du coup, ils étaient partis. Ils avaient loué un petit appartement à Carnon, pas loin de la mer.

Elle s'occupait de Guillaume, leur fils aîné, qui devait avoir deux ou trois ans. Stéphane rentrait à heure fixe le soir. Ils se racontaient leurs journées respectives, sortaient se promener sur le front de mer, allaient parfois manger un poisson grillé au restaurant en bas, en laissant le petit dormir, le baby-phone dans une poche. Ils rentraient, faisaient l'amour en silence pour ne pas le réveiller. Ils avaient essayé de mettre un deuxième en route, n'avaient pas réussi, s'étaient dit que ce n'était pas bien grave. Ils avaient le temps. Et elle, elle avait embrassé la possibilité furtive d'une vie différente, monotone et rassurante, parfaite. Il y avait pensé, lui aussi, elle le savait. Les traits de Stéphane s'étaient adoucis, il n'avait personne à commander, pas de responsabilités, pas de soucis. Il avait même accepté, en ronchonnant, de se couper les cheveux un peu moins court.

Et puis l'été avait fini par passer. Le restaurant d'en bas avait replié sa terrasse, l'horizon sur la mer avait revêtu son habit métallique, annonçant l'automne sur la station balnéaire. Le stage terminé, la petite cagnotte de l'OPEX fondue, il avait fallu rentrer, retrouver leur garnison du Nord-Est, reprendre le travail. Stéphane était reparti trois mois plus tard. Le Liban ou la Côte d'Ivoire, elle ne se rappelait plus.

Aujourd'hui, Guillaume avait treize ans et le même entêtement silencieux que son père. Elle voyait dans son fils une ébauche de ce que son mari était devenu. Ils avaient du mal à se parler autrement qu'en grognements ou en éclats de colère, mais ils se respectaient, unis dans l'étrange fraternité des taiseux. De l'extérieur, leur binôme avait quelque chose de formidable et d'intimidant, mais Mathilde, qui avait épousé le premier et porté le second, ne s'y laissait pas prendre.

Julie, la cadette, avait six ans et ne partageait aucun de ces traits taciturnes. C'était la petite fille dont ils n'osaient plus rêver tant ils l'avaient attendue, joyeuse, énergique et tendre, le rayon de soleil de leur maison. Depuis la rentrée, elle apprenait à lire avec application, et racontait le soir des histoires entortillées en mélangeant les mots, ce qui faisait fondre son père.

Mathilde monta présider au brossage des dents et lut une histoire avec sa fille avant de la mettre au lit en obtenant un câlin. Le grand dormait chez un copain. Puis elle redescendit auprès de ces messieurs pour passer à table.

Ils dînèrent sans interrompre leur conversation, décortiquant leurs souvenirs en quête d'un indice suffisamment costaud pour offrir un début de piste. L'idée qu'il pût s'agir d'un accident leur semblait ridicule. Les Lulu de ce monde n'ont pas d'accident. C'était un mec solide et chanceux, affirmaient-ils, cette disparition ne pouvait être que délibérée. Comme si la solidité était le seul bouclier, la seule défense, la garantie de maîtriser le cours de son destin. Mathilde les écoutait, s'abstenant d'intervenir. Marouane, le plus bavard, et son débit rapide. Stéphane, plus économe de ses mots. De temps en temps, une remarque timide de celui qu'ils surnommaient Trègue. Elle n'avait presque pas entendu le lieutenant, assis en face d'elle et qui lui jetait des regards furtifs.

Ils décidèrent de repartir le lendemain pour le régiment et de ratisser les campagnes alentour en escargot,

« comme si on cherchait une balise dans la jungle », avait dit Marouane. Le dîner était terminé, elle se leva pour débarrasser. En ressortant de la cuisine, elle bouscula le lieutenant dans le couloir.

« Oh, excusez-moi monsieur, je ne faisais pas attention.

— C'est ma faute. Et par pitié, appelez-moi Maxime. Merci pour le dîner, c'était délicieux.

— Je vous appelle Maxime si vous m'appelez Mathilde. » Elle lui sourit avant de poursuivre : « On est d'accord ? » Elle lui tendit la main, comme pour sceller un pacte entre eux.

Amusé, Charlier lui serra la main : « On est d'accord. Et merci encore pour votre accueil. Je… je crois bien qu'on avait vraiment besoin de votre mari pour lancer les recherches.

— Oh, vous en faites pas pour ça. C'est normal.

— Je sais pas si c'est normal, mais merci, vraiment. » Il hésita un instant. « D'ailleurs, si je peux vous aider… »

Mathilde considéra le jeune homme. Il avait vingt-cinq ans à tout casser et en paraissait cinq de moins. Elle tourna la tête en direction de la porte ouverte du salon, où la conversation se poursuivait, animée. Il était question de marquer des points GPS dans la forêt.

« Ils vont pas avoir besoin de vous, là-bas ? »

Charlier sourit : « Je crois qu'ils peuvent se passer de moi quelques minutes, le temps de finir de débarrasser, au moins.

— Alors, volontiers. Venez, c'est par ici. »

Mathilde se surprit à dévisager le jeune lieutenant avec tendresse lorsqu'il déposa la dernière pile d'assiettes sur le bord de l'évier. Elle lui lança, avec un soupçon de tristesse dans la voix : « Vous en ferez partie, un jour, vous verrez.

— Je… Faire partie de quoi ?

— Leur truc, là, ce truc de meute, vous en ferez partie. Vous aussi, vous deviendrez comme eux. Dans quelques mois. Après une ou deux missions. »

Elle reprit en finissant de ranger les couverts dans le lave-vaisselle.

« Quand j'ai rencontré mon mari, j'étais une gamine, je pouvais pas savoir. » Elle se redressa. « Vous êtes marié ? »

Charlier fut déstabilisé par la question.

« J'ai une copine, enfin, une fiancée. Elle travaille à Paris. On s'est pas beaucoup vus depuis que je suis arrivé au régiment, en août. On devait se marier l'été prochain, mais avec le départ en mission, il va sans doute falloir que l'on reporte. Je ne sais pas trop où on en est, pour ne rien vous cacher. »

Il s'interrompit, soudain gêné d'en avoir dit autant. Il n'avait jamais formulé ses doutes avec autant de précision. Mathilde le regardait fixement.

« Ce ne sont pas mes affaires, mais… Vous devriez la prévenir. Qu'elle sache dans quoi elle met les pieds. »

Elle se détourna et mit les assiettes à laver.

« C'est les retours qui sont durs, vous savez, plus que les départs. Chaque fois, mon mari est rentré un peu plus seul, un peu plus en colère, un peu plus triste. Surtout les dernières années quand… » Elle s'interrompit, le souffle suspendu, en quête du mot juste. « Quand tout est devenu plus tragique. On sait que c'est pas facile pour vous, mais personne ne nous demande comment c'est pour nous. Nous, on a pas de médaille à la fin, on se débrouille, mais c'est dur aussi. Surtout avec des enfants. »

Charlier tenta de répondre : « Il y a un bureau au régiment pour ça, vous savez ? Il me semble qu'ils font des choses pour les familles quand on part en mission ?

— Oui, oui, bien sûr, je sais, et ils ont fait beaucoup d'efforts là-dessus ces dernières années. Mais il faut être sur place. Moi j'ai un travail ici, je peux pas faire quatre heures de voiture aller-retour pour boire des cafés avec des femmes d'officiers. » Mathilde referma la porte du lave-vaisselle d'un geste sec. « Enfin, oubliez ! J'aurais pas dû vous parler de ça. »

Charlier entendit un éclat de rire s'échapper du salon, au bout du couloir, accompagné d'un : « T'es cong', Trègue. »

« Vous savez, c'est quelqu'un, votre mari. À la compagnie, l'admiration que les gars ont gardée pour lui, c'est… c'est quelque chose. Du coup, pas simple pour moi, le petit jeune fraîchement débarqué, de prendre la suite. Je me demande comment ils parlent de moi dans mon dos, les gars. Surtout avec la mission qui arrive. »

Mathilde sourit.

« Je peux pas vous aider sur ce point. Par contre, je peux vous dire que quand on a nommé Stéphane chef de section et qu'il est parti en Afghanistan, il y a trois ou quatre ans, peut-être cinq, il était mort de trouille. Son premier départ au carton, comme il disait. »

Elle se dirigea vers la porte de la cuisine, se retourna vers lui avant de sortir.

« Parlez-en. À votre fiancée. Vous serez un ancien un jour. Alors parlez-en. Le pire, c'est quand vous dites rien. Quand vous dites que vous gérez pour nous protéger. Mais c'est pas vrai, ça. On voit bien, nous. Regardez Lulu. »

Charlier se sentit soudain incroyablement vulnérable. La conversation prenait un tour trop personnel à son goût, il enchaîna : « Enfin, c'est fini pour vous, maintenant, la vie militaire. Ça doit vous changer un peu, d'avoir un mari à la maison. »

Mathilde eut un demi-sourire.

« C'est jamais vraiment fini. La preuve… Merci pour le coup de main, Maxime. »

Charlier hocha la tête. « Avec plaisir. » Un peu gênés, ils rejoignirent les autres dans le salon.

8

Ici

Romain alluma l'écran de sa montre, un gros bloc de plastique sophistiqué et hors de prix acheté au retour de sa dernière mission. Les chiffres découpaient trois heures et demie en noir sur le rectangle de lumière verte. Pas moyen de fermer l'œil. La même question revenait en boucle, fidèle comme un vieux chien.

Qu'est-ce qui avait merdé ?

Le sergent Romain d'Entraygues, que tout le monde surnommait « Trègue » depuis le lycée, avait toujours su qu'il serait militaire. Son père, son grand-père, ses oncles, ses cousins, ses deux frères aînés avaient servi ou servaient sous les drapeaux. Dans la famille, quand on naissait garçon, il n'était pas question de faire autre chose, à moins d'être un original, auquel cas on pouvait prendre la soutane ou, pire, avoir l'inélégance d'entrer en école de commerce pour faire de l'argent, comme disait sa grand-mère en pinçant le nez. Lui avait suivi l'itinéraire classique, entré dès la seconde dans un lycée militaire, à la fois très sûr de lui et mort de trouille. La moitié des professeurs avaient vu passer quelqu'un de sa famille avant lui. Comme d'autres fils de, frères de ou cousins de, il avait enduré les commentaires sarcastiques à chaque mauvaise note : « Votre frère était plus doué que vous, d'Entraygues. Il va falloir vous mettre au travail si vous voulez tenir le rang. » Il ne se vexait pas : un nom comme le sien obligeait. Dans ce monde-là, c'était au moins la certitude d'être une célébrité dans les couloirs de l'internat.

Il avait aimé ces années de lycée militaire par-dessus tout. Il en maîtrisait les codes avant même d'y mettre un pied. Il n'avait pas eu besoin d'apprendre les grades ou les commandements d'ordre serré. Il portait l'uniforme avec un naturel confondant – même si son treillis bleu marine informe n'avait pas l'allure martiale de ceux, bariolés, de ses frères devenus officiers. Il connaissait les chants et les histoires, savait les bêtises à faire et le tarif des punitions si l'on était pris. Il était dans son élément. Fort en gueule, avec la certitude insolente de son adolescence, la pleine confiance de celui qui sait où il va. La messe, le dimanche matin, qu'il prétendait préférer en latin, en crânant un peu. Le rugby. Les copains, cheveux courts, mèche au vent.

Alors, qu'est-ce qui avait merdé ?

Pendant longtemps, il avait espéré être pris en corniche, les classes préparatoires pour Saint-Cyr – même s'il aurait aussi consenti à intégrer l'École navale –, mais ses résultats ne suivaient pas. À chaque conseil de classe, on lui rappelait l'écart croissant entre ses aspirations et la réalité qui se profilait. De renoncement en déception, il s'était laissé distancer, puis il avait complètement arrêté de travailler quelque part entre la première et la terminale, obtenant de justesse un bac scientifique au rattrapage. Il avait ensuite rendu ses treillis bleus, quitté le lycée militaire rempli d'amertume, et avait rejoint une fac choisie avec soin pour être le plus loin possible de sa famille. Il avait opté sans conviction pour des études d'histoire, arraché à ce qu'il pensait être son destin. Un soir de déprime, il avait même caressé l'idée de s'engager dans la Légion. Il avait pris un bus jusqu'au fort de Nogent et avait fait les cent pas devant le portail intimidant du centre de recrutement. Un autre type, hongrois ou slovaque, il ne se souvenait plus, lui avait demandé une cigarette dans un anglais fleuri. Ils avaient fumé ensemble puis le type était allé pousser la porte, sans se retourner. Lui n'avait pas su ou pas osé aller plus loin. Quand la pluie s'était mise à tomber avec le soir, il avait fait demi-tour, penaud. Quelques jours après cet épisode absurde dont il avait encore honte aujourd'hui, il avait rempli un tas de dossiers de candidature pour devenir sous-officier, gendarme, commando de marine, agent des services de renseignement et même douanier. Saint-Maixent, l'école des sous-officiers de l'armée de Terre, avait répondu en premier. Il s'était engagé dans l'infanterie.

Sa formation avait duré quelques mois. Il s'y était plu, mais pas autant qu'il l'espérait. Son classement, plutôt moyen, était insuffisant pour les paras ou les troupes de marine. Il avait choisi l'infanterie, celle de la ligne, du Nord-Est, parmi les vieux régiments encore installés face à la frontière allemande. Il se consolait en se disant qu'il préparerait les concours d'officier dans les prochaines années. Son galon neuf de sergent sur la poitrine, il avait brutalement découvert la réalité du quotidien en compagnie de combat, la mesquinerie ordinaire de ses pairs qui raillaient ses réflexes aristocratiques, l'imperfection de ses chefs, ces officiers dont il avait tant fantasmé l'exemple et qui se révélaient trop tristement humains, la difficulté du commandement de jeunes engagés, un exercice bien plus complexe et exigeant qu'il ne l'avait imaginé. L'expérience de la vraie vie lui avait sauté à la gueule.

Il comprit qu'il portait son milieu d'origine sur son visage. Un jour, un copain lui avait dit qu'il ressemblait à un chanteur de rock anglais qui n'aurait jamais pris de drogue. Il avait le teint pâle, une grande bouche, de grandes dents, un nez fin et des oreilles très légèrement décollées. C'était la tronche de sa famille, ces vieilles lignées chez qui on trouve encore au mur, dans leur vieux domaine de province, les portraits des ancêtres aux traits similaires et aux histoires inégalables qu'on raconte le soir pour édifier les enfants: « C'est oncle André, il était colonel lors du siège de Belfort, les Prussiens lui ont laissé son sabre en reconnaissance de son courage. » Dans le monde réel, personne ne connaissait oncle André. Quant à Trègue, son héritier médiocre, il était surtout trahi par son style vestimentaire. Alors il fit des compromis. Peu à peu, il remisa ses chemises à carreaux, ses polos de rugby, ses pantalons trop courts aux couleurs vives et même son chèche dans le fond d'une armoire, ne les ressortant plus que pour aller chez ses parents quèlques fois par an.

À la compagnie, tout le monde se fichait éperdument qu'il pût avoir des frères et des cousins officiers, ou des grands-oncles héros des guerres des siècles précédents. Il se fit plus discret et s'efforça de se fondre dans le groupe. Il tenta de résoudre les paradoxes de sa vie, ces samedis soir dissolus à écumer les bars de la région, à boire trop, à embrasser à pleine langue une étudiante à l'haleine chargée d'alcool sucré, de menthol et de tabac, espérant secrètement qu'elle soit plus hardie que lui et l'invite chez elle, redoutant l'arrivée des dimanches où il se faisait toujours violence pour aller à la messe et où, honteux et parfois encore un peu saoul, il priait furieusement le bon Dieu de lui pardonner. Il ne se voyait pas changer, se sentait malheureux, mais conservait en lui la volonté farouche de prouver sa valeur.

Mais alors, qu'est-ce qui avait merdé ?

Les années avaient passé. Il avait échoué deux fois de suite au concours pour devenir officier. Il avait continué à boire un peu trop, trop tôt, trop seul, trop souvent. Il avait progressivement arrêté d'aller à la messe. De peur de se laisser séduire par une nana du coin qu'il n'oserait jamais présenter à son père, il avait aussi arrêté de sortir. Il passait désormais le plus clair de son temps les yeux rivés sur l'écran de son téléphone, à s'absorber dans les trajectoires des copains et surtout des copines de lycée. Elles se mariaient, certaines avaient déjà des enfants. Même celles qui avaient été moches à l'adolescence affichaient désormais des sourires éclatants, des poitrines opulentes, des mecs musclés et plus riches que lui.

Il n'avait pas vingt-cinq ans mais il était convaincu que tout était joué, gaspillé, foutu. Avant d'avoir eu le temps de cligner de l'œil, il se réveillerait à quarante ans, quinze OPEX au compteur, galon d'adjudant-chef à la poitrine, crâne dégarni et genoux en verre pilé, trop installé pour recommencer sa vie, trop trouillard pour imaginer autre chose.

Chaque retour dans sa famille, chaque descente sur le fil numérique de la vie de ses amis, chaque nuit d'insomnie à ressasser l'échec prématuré de son existence le ramenaient à l'espoir déçu qu'il pensait être.

Romain se retourna une fois de plus sur son matelas de mousse. En dehors des ronflements étouffés de Marouane, à côté de lui, pas un bruit ne venait troubler le calme de la nuit.

Il se souvint de l'instant où il avait appris la mort de Junior. Sa compagnie était en base arrière et il était de garde avec les gars de son groupe lorsque l'information leur était parvenue, d'abord par l'officier de permanence, puis sur les chaînes de télévision quelques heures plus tard. Il avait oublié la date exacte, c'était un matin de février glacial et lumineux. Il ne connaissait pas bien Junior, le rythme des manœuvres et des missions ne laissait guère le temps de se lier avec les autres compagnies, mais il connaissait sa réputation. Junior, c'était le genre de mec pour qui tout est facile, qui est bon partout, et qui s'offre le luxe d'être sympathique et humble par-dessus le marché. Romain, qui avait cessé d'espérer accrocher le tableau d'avancement dans les premiers, ne boxait pas dans la même catégorie.

Bien sûr, il était jaloux. Junior avait deux ans de moins mais serait promu avant lui, et il était certain qu'il aurait réussi les concours pour devenir officier. Il se serait trouvé une nana magnifique et aurait intégré les forces spéciales ou un autre truc prestigieux. Au lieu de ça, tout s'était arrêté net. Romain avait partagé la nouvelle sur les réseaux sociaux et parlé de Junior comme d'un ami – un frère d'armes –, puis ses amis numériques avaient joué la comédie des condoléances. L'ironie de la situation ne lui avait pas échappé. Le soir même, lorsqu'il avait été relevé de son service, son chef de section lui avait envoyé un message lui indiquant de se tenir prêt à partir si le bataillon demandait un remplaçant. Romain avait répondu un « reçu mon lieutenant » laconique où rien ne transparaissait de ses sentiments.

Le lendemain, le capitaine lui avait annoncé qu'il le désignait pour remplacer Junior. Là encore, Romain avait posté la nouvelle sur les réseaux sociaux, dans un message plein de détermination. Encouragements virils et guerriers, admiration de quelques ex-copines de sa brève période de fac, commentaire désobligeant d'un mec prétentieux qui se demandait ce que la France allait faire là-bas et qui se fit promptement morigéner par les autres. Trois jours plus tard, tout le monde aurait oublié. La routine.

Une semaine après, il était arrivé dans la section de l'adjudant Humbert, où Lulu, une autre légende du régiment, avait assuré l'intérim du commandement du groupe. Les mecs remontaient doucement la pente, certains durement marqués par la mort de leur chef. Romain avait pris ses fonctions, reçu ses dix soldats un par un en entretien, puis tenté de trouver sa place. L'adjudant était bienveillant mais n'avait pas de temps à perdre en politesses, et le sergent-chef Guerrouj aboyait les ordres, mais Romain comprit vite que c'était le seul mode de fonctionnement qu'il connaissait.

La mission s'acheva dans un calme relatif. Il y eut quelques épisodes de violence, quelques moments de tension. Le groupe dont Romain avait hérité était bon. Lulu, à la hauteur de sa réputation. Les caporaux un peu jeunes mais solides, les autres, des mecs bien aussi. Romain n'était pas au niveau de son prédécesseur et il le savait, mais il avait l'expérience du combat et cela suffisait. La greffe prit peu à peu, malgré cette impression tenace d'être un imposteur qui le taraudait à chaque départ en patrouille.

Un mois et demi plus tard, la section prenait l'avion du retour. Il eut droit à sa médaille commémorative, comme les autres. Il fut même proposé pour une citation pour bravoure au combat lors d'une embuscade à laquelle il n'avait pourtant pas l'impression d'avoir compris grand-chose. L'adjudant le prévint qu'elle mettrait un peu de temps à arriver.

Sa compagnie d'origine l'avait remplacé par un jeune sergent qui sortait d'école. Les deux capitaines s'entendirent pour qu'il reste dans la section de l'adjudant Humbert. Personne ne prit la peine de lui demander son avis, d'ailleurs il n'avait pas vraiment d'avis.

Mais qu'est-ce qui avait merdé, bon sang ?

Romain ressassait son parcours tous les jours. Il commençait à se demander si, finalement, il n'allait pas retirer sa candidature au prochain concours. Il commençait à se demander s'il n'y avait pas autre chose à faire de sa vie. S'il n'était pas temps de renoncer. De cesser d'être du mauvais côté de la comparaison. Il n'en avait parlé à personne, pas même à son meilleur ami, rencontré au lycée. Lui avait réussi : il était en dernière année à Saint-Cyr et s'interrogeait sur l'arme qu'il choisirait à sa sortie. Il avait admiré avec envie les décorations de Romain, le pressant de : « Comment c'était ? » Romain n'avait pas su quoi répondre. Il avait distillé le récit d'épisodes de combat, sans conviction. Il regardait son ami, jalousait sa naïveté et son enthousiasme. Sa fiancée aussi. Est-ce qu'il ferait un bon officier, ce con ? Sans doute, oui. Un mec suffisamment idéaliste, avec ce qu'il faut de recul pour ne pas se laisser aveugler lorsque la réalité viendrait le frapper au visage. Bien secondé et bien formé, il serait au niveau. Il ferait également un beau mariage et quelques gamins précoces, enverrait de jolies cartes de vœux agrémentées de photos colorées, qui deviendraient ensuite de longs mails de nouvelles détaillant les activités de sa tribu. Blanche aime beaucoup sa nouvelle maîtresse. Arthur a découvert le rugby. Ainsi de suite. Romain, lui, n'avait plus cet élan des premières fois, ni pour la guerre, ni pour rien du tout. De plus en plus seul, de plus en plus amer. Il continuait inlassablement à se demander : qu'est-ce qui avait merdé ?

Il ferma les yeux, tentant encore une fois de forcer le sommeil à venir à lui. De l'autre côté de la pièce, le lieutenant ne dormait pas non plus, traversé par des questions étrangement similaires aux siennes. Sans le savoir, ils partageaient l'angoisse de ne pas se savoir à la hauteur, l'obsession du manque de légitimité, l'inquiétude qu'on garde pour soi tant elle révèle le caractère intime de la peur et de la confiance. Il leur fallut à chacun un long moment avant de s'endormir enfin. Ni Romain ni le lieutenant n'entendirent Stéphane se glisser hors de la maison et partir pour sa course nocturne, chassé par ses propres démons, différents des leurs. Les démons de celui qui se savait à la hauteur, et qui savait que cela n'avait pas suffi, que cela ne suffisait jamais. Qu'il n'y avait que l'inévitable à accepter, et que c'était le plus difficile à faire.

La nuit finit par emporter ce qu'il restait de leurs doutes.

9

Ici

Le lendemain matin, ils prirent à peine le temps d'avaler un café au saut du lit et de dire au revoir à Mathilde, le lieutenant se fendant même d'une bise maladroite. Depuis la rue, ils virent la petite leur faire un signe de la main par la fenêtre de la cuisine. Le jour se levait dans une lumière triste. Ils partirent pour la garnison.

Marouane avait bien dormi, contrairement aux trois autres, et semblait plutôt de bonne humeur. Maintenant qu'ils avaient récupéré Stéphane, les choses allaient avancer, il en était sûr. Le monde n'était pas si grand pour que Lulu puisse disparaître bien longtemps.

Il résuma leur conversation de la veille comme pour se rassurer. Lulu avait quitté sa petite maison dans la campagne au milieu de la nuit. À pied, il avait d'abord rejoint le centre-ville, quelques kilomètres plus loin. Une heure de marche, peut-être moins. Ensuite, sans doute un car, un train ou du stop. Quelqu'un aurait vu sa longue silhouette levant le pouce au bord de la nationale, ou bien l'œil fatigué, guettant l'ouverture du guichet de la gare, un gobelet de café fumant à la main. Ils ne savaient pas où il était allé, mais ils savaient d'où il était parti. Ils commenceraient là. Il fallait bien commencer quelque part.

La pluie avait cessé et un soleil pâle perçait entre les nuages, éclairant les sols détrempés de reflets métalliques. Sur la banquette arrière, Romain et le lieutenant observaient en silence les maisons endormies défiler en bordure de route, jalonnées de panneaux « À vendre » délavés accrochés aux portails métalliques.

« Ça va comme vous voulez, derrière ?

— R.A.S., chef, répondit Romain.

— Vous êtes sûrs ? Vous dites rien depuis tout à l'heure. »

Stéphane pivota sur son siège vers les deux autres.

« Si vous avez une idée, c'est le bon moment pour la partager. J'ai quelques endroits en tête que Lulu aimait bien, mais on en aura vite fait le tour.

— Mon adjudant, se lança Charlier, pourquoi on ne va pas directement chez Lulu ? Ce serait logique, non ? »

Stéphane voulut demander au lieutenant de ne pas l'appeler par son ancien grade, puis se ravisa. Il se sentait lui-même incapable d'appeler Charlier autrement que « mon lieutenant ». Il ne servait à rien de s'opposer à leurs réflexes.

Silence gêné dans la voiture.

« Peut-être. Mais on va faire les trucs évidents d'abord, mon lieutenant. Genre la gare, le routier à la sortie sur la nationale, et puis les bars du centre, le PMU et les deux ou trois autres qui ouvrent tôt le matin. Histoire de pas se pointer les mains vides chez lui.

— Sa femme a sûrement déjà fait tout ça, non ? On gagnerait du temps. Et puisque vous voulez commencer par les trucs évidents, il me semble quand même que sa maison en fait partie. »

Nouveau silence. Marouane se résolut à le briser.

« C'est à cause de moi, mon lieutenant. La femme de Lulu, elle m'aime pas vraiment.

— Et pourquoi vous pensez qu'elle vous aime pas ? »

Stéphane et Romain détournèrent le regard. Marouane soupira.

« Parce qu'elle me l'a dit, mon lieutenant. J'sais pas si vous avez remarqué, mais je suis pas exactement terroir normand en termes de couleur. »

Charlier était incrédule.

« Vous n'allez pas me dire que c'est parce que vous êtes arabe, quand même, chef ? »

Marouane eut un sourire amer.

« Y a eu ce barbecue avec les cadres de la section chez Lulu l'année dernière, avant le départ en OPEX. C'était au moment des élections, les régionales je crois. Quand les résultats sont tombés, ça a jeté un malaise. On avait tous un peu picolé, et il y a eu une dispute. »

Marouane s'interrompit un instant.

« Le pire, c'est que c'était même pas une histoire de politique au départ. Je crois que Lulu et Junior se sont embrouillés pour une connerie. Je saurais plus vous dire ce que c'était. On s'est interposés, et moi j'étais un peu chaud, je me suis un peu frotté avec Lulu. C'était rien, hein, mais bon… Enfin bref, on se prend le chou, les autres mecs nous séparent, ça plombe un peu l'ambiance de la soirée. On était tous un peu tendus. Du coup, j'ai dit à l'adjudant qu'il valait mieux que j'y aille, que la soirée finirait mieux sans moi. Et c'est là que je l'ai entendue dans mon dos, quand je passais la grille du jardin.

— Vous avez entendu quoi ? »

Marouane fixait la route devant lui, sans ciller.

« C'est ça, casse-toi sale bougnoule. »

Stéphane intervint d'une voix douce.

« Ça s'est calmé, après.

— Oui, je sais bien, mon adjudant, et d'ailleurs Lulu est venu me voir le lendemain matin, il était tout emmerdé. Il m'a dit que c'était pas contre moi, qu'on avait tous un coup dans le pif, tout ça. J'ai laissé pisser. On a fait comme si de rien n'était, mais c'est quand même compliqué avec elle. Elle est gentille pourtant, une jolie petite zouz qui doit avoir comme moi, dans les trente-cinq ans. Enfin, voilà, je connais la chanson. J'ai l'habitude, hein, on me dit ça depuis que je suis tout petit. Même à l'armée. »

La voiture filait désormais en rase campagne. De loin en loin, un clocher venait rompre la monotonie du paysage.

« Je m'en fous de ce qu'ils pensent. J'ai rien à prouver, moi, je sers mon pays. Mais les gens qui pensent ça, quand je le sais et quand je peux, j'évite de trop m'en approcher. Pas parce que j'ai peur de ce qu'on me dira, non, rien à battre, mais parce que j'ai peur de faire une connerie, un jour que je serais de mauvais poil. »

Stéphane adressa un demi-sourire à Marouane.

« On va lui retrouver son mari, on verra si elle est toujours aussi crispée avec toi, après.

— Vous pouvez pas contrôler ce que les gens pensent, mon adjudant. Regardez Trègue. »

Romain, qui avait écouté la conversation attentivement, se redressa.

« Qu'est-ce que j'ai fait, moi, chef ?

— Ben rien, mais tu sais pas comment ils te surnomment, les mecs ? »

Romain tombait des nues, ne comprenant pas comment la conversation était arrivée jusqu'à lui.

« Comment ils me surnomment ? »

Marouane hésita un moment.

« C'est pas méchant hein, c'est Lulu qui a craché le morceau quand on est rentrés de mission. Je crois qu'ils t'aiment bien, t'en fais pas.

— Ben dites-moi, chef !

— T'es sûr ?

— Ben oui, vous en avez trop dit ou pas assez, là.

— Ils t'appellent "hashtag-yolo". »

Charlier et Stéphane laissèrent échapper un petit rire.

« Hashtag quoi ?

— Hashtag-yolo. Parce que t'es tout le temps le nez fourré dans ton téléphone à foutre des trucs sur Facebook ou Instagram.

— Et alors ? Eux aussi.

— Non, mais c'est juste que quand t'es arrivé pour remplacer Junior, au bout de deux ou trois semaines, t'as pris un selfie avec les gars du groupe avant un départ en patrouille. »

Romain se souvenait de la photo en question. Il l'avait utilisée comme photo de profil sur ses différents comptes. Il rougit, embarrassé. Marouane se marrait franchement.

« Du coup, il y a un de ces petits branleurs qui a trouvé le surnom, et c'est resté. »

Romain, un peu à contrecœur, se força à le prendre à la rigolade.

« Les petits cons. Il va m'entendre, Lulu, quand on le retrouvera.

— Le prends pas mal, Trègue, conclut Stéphane. Au moins, toi t'es pas arabe. »

Les quatre partirent de concert dans un éclat de rire sincère. Le premier depuis bien longtemps pour chacun d'eux.

10

Ici

Aurélie était en colère. Lulu était parti depuis quatre jours et elle ne comprenait pas pourquoi. Quatre jours pendant lesquels elle s'était efforcée de ne rien montrer de son inquiétude, se rendant au travail, s'occupant de la maison et du petit. En vain. Elle était rongée par l'angoisse, mais il y avait autre chose aussi, une rage sourde qu'elle sentait monter et dont l'intensité l'effrayait un peu.

Quatre ans qu'ils vivaient dans ce trou humide. Un boulot de merde. Pas de copines. Un gosse à l'école. Elle devenait quoi, la jolie fille du bar ?

Elle était belle. Elle le voyait bien à la façon dont ils la regardaient. Grande et mince, de beaux cheveux châtains, un visage rond et des yeux marron, avec ce petit défaut, une bouche un peu large qui lui donnait un air boudeur, comme une promesse d'appétit féroce, légèrement vulgaire. Certains y trouvaient du charme. Pas tous : quand elle était adolescente, elle avait participé à un ou deux concours de beauté, les premiers tours des élections de miss régionales. Une fois, elle avait entendu l'un des membres du jury marmonner qu'elle faisait trop provinciale, qu'elle avait « une tête d'esthéticienne ». Elle s'était enfuie, furieuse. C'était cette même colère qui la gagnait aujourd'hui.

Avec Lulu, ils étaient mariés depuis trois ans. Elle se rappelait le regard du maire lorsqu'elle était arrivée, magnifique dans sa robe blanche bon marché, son fils d'un an dans les bras. Elle avait soutenu son regard, l'air décidé. Ce jour-là, peut-être pour la première fois de sa vie, c'était elle la patronne. C'était elle qui avait voulu ce mariage. Elle qui avait décidé de gommer sa vie d'avant.

Rangée, la jolie fille du bar qui avait passé dix ans à voguer de tocard en tocard, s'étourdissant dans des étreintes éphémères et tristes. Finie, la longue dégringolade de l'espoir du prince charmant à celui de l'homme sérieux, de celui de l'homme sérieux à celui du type acceptable, de celui du type acceptable à n'importe quelle paire de bras pourvu qu'elle y puisât un peu de réconfort. À cette époque, sa grande bouche s'accrochait au moindre baiser. Aurélie n'avait jamais rien espéré d'autre. Le travail ne l'intéressait pas. Elle n'avait pas vraiment de passions. Elle ne rêvait pas de changer le monde. Elle voulait juste ne pas être seule, terrifiée qu'on l'abandonne à nouveau au point de faire hurler sa télévision en permanence quand Lulu était absent. Sa mère aurait eu honte de ce besoin viscéral que sa fille éprouvait d'être la femme de quelqu'un. Sa mère admirable, héroïque, qui avait quitté son ordure de père avec son petit frère et elle sous le bras au premier coup de ceinture. Sa mère qui les avait élevés seule, s'abrutissant de travail pour qu'ils ne manquent de rien. Sa mère courage qui lui aurait craché à la gueule de la voir ramper devant un mec, elle qui n'avait jamais courbé l'échine, pas même devant le cancer qui l'avait fauchée en six mois. C'était juste avant Lulu.

Elle se disait souvent qu'ils n'auraient jamais dû se croiser. Il était entré dans sa vie par accident, traîné par une vague connaissance dans une soirée où elle aussi avait été traînée par une vague connaissance. Elle avait beau sortir d'une énième aventure idiote et s'être juré de ne plus s'y laisser prendre, elle avait d'emblée été attirée par la violence sourde qui bouillait discrètement sous le tempérament calme et souriant de ce grand échalas, son regard affûté qui scrutait tout, ses longues mains de pianiste. Lui s'était laissé séduire par cette jolie fille volubile qui semblait n'avoir peur de rien mais avait peur de tout. Aurélie affirmait en riant qu'elle avait fait l'essentiel du boulot lors de leur rencontre : elle l'avait embrassé en premier. Mais il lui avait rendu son baiser avec une telle force, une telle férocité même, qu'elle s'était sentie prise, tout de suite, comme un animal dans un piège.

Ils avaient passé les premiers mois à se séparer et se rabibocher. Puis le gamin était arrivé, sans qu'ils l'aient voulu, mais Lulu avait assumé ses responsabilités. Leur appartement était trop petit, il avait trouvé cette maison à la sortie d'un hameau, un coin tranquille en bordure de forêt, pas trop loin du régiment. Le mariage, il s'en foutait, Aurélie avait insisté et il avait cédé. Un truc simple, quelques amis, une salle des fêtes.

Elle avait découvert la vie d'épouse si tristement commune, comme tant d'autres avant elle. La difficulté à dénicher du travail et une place en crèche pour le petit, les longues absences de Lulu, la communauté des familles, les racontars grossiers. Elle avait fait avec. Elle n'avait pas vraiment eu le choix. L'armée était toujours là, elle décidait de tout, il n'y avait rien à négocier, pas de compromis possible. Quand Lulu s'était présenté à la mairie dans son uniforme impeccable avec ses rangées de décorations, c'est comme si l'armée s'était invitée à la cérémonie. C'était pas normal. C'est pas normal, se répétait-elle, pour entretenir sa colère.

Son fils était le point fixe de sa vie. Mathis ressemblait à sa mère, « heureusement », disait Lulu. Il avait quatre ans et de grands yeux gris bordés de longs cils qui lui donnaient un regard de fillette. Ça énervait son père, elle trouvait ça irrésistible. Il était bavard et joyeux, tout, avec lui, était encore possible. Le reste, finalement, importait peu. Ils avaient inventé leur vie de famille sur le tas, au fur et à mesure. Elle avait appris à compter les jours avec son fils lorsque Papa était loin. Papa revenait toujours. En l'attendant, on faisait des coloriages, on collait des gommettes sur le calendrier, on l'appelait au téléphone.

Cette fois, elle était impuissante devant les questions de Mathis. Lulu était parti sans dire où, ni pour combien de temps, ni pourquoi. Elle se repassait en boucle leurs dernières conversations. Ils avaient eu leur content de disputes depuis le retour de mission, mais rien d'alarmant. Peut-être qu'il semblait plus fatigué, peut-être qu'il dormait moins bien, qu'il buvait un peu plus, mais ce n'était pas grand-chose. Il n'était pas violent, il ne l'avait jamais été, ni avec elle, ni avec le petit. Elle n'avait pas perçu les signes qu'on lui avait dit de guetter dans le petit livret des familles du régiment discrètement glissé un mois avant qu'il rentre de sa première OPEX.

Elle avait fait de son mieux pour devenir la femme qu'elle croyait devoir être, patiente, à l'écoute, imperturbable et sexy. Elle vouait une admiration farouche à celles qui étaient flanquées de quatre gosses, impeccables jusque dans leurs manucures et que rien ne semblait jamais atteindre, ni les départs, ni les absences, ni les retours. Les femmes parfaites, ces salopes, et leurs familles parfaites.

Le jeudi soir, juste avant qu'il se volatilise, Lulu avait laissé entendre que la prochaine mission serait sa dernière. Elle n'avait pas relevé, il lui restait deux ans de contrat, largement le temps de changer d'avis et de prolonger. Elle s'était contentée de lever les yeux vers lui et de lui sourire. C'était tout. Le lendemain matin, elle s'était réveillée dans un lit vide, puis avait remarqué que son sac était toujours là, ainsi que la voiture, dehors.

Elle ne s'était pas inquiétée, d'abord. S'il ne décrochait pas, il avait sûrement une raison. Elle avait quand même tourné autour de la maison avant de partir déposer le petit à l'école. Elle n'avait rien dit au patron de la pharmacie qui l'employait et guettait son téléphone entre deux clients. Le soir, quand Mathis lui avait demandé où était Papa, elle avait répondu qu'il rentrerait bientôt. Après l'avoir couché, elle s'était résolue à appeler le numéro que Lulu lui avait fait enregistrer dans son répertoire, celui des urgences auxquelles on préfère ne pas penser. Le sergent Trègue, comme ils l'appelaient tous, avait répondu. Elle lui avait dit que Lulu était parti la nuit dernière, qu'elle était sans nouvelles depuis. Non, elle ne savait pas où.

La peur avait commencé son travail de sape sitôt qu'elle eut raccroché. Et elle avait passé une nuit horrible, se levant folle d'inquiétude le lendemain matin. Depuis, au fil des heures d'absence qui s'égrenaient, sa colère en ait, d'abord di use, montant comme une marée jusqu'à ce qu'elle ne puisse plus l'ignorer. Elle n'avait jamais cherché à s'intégrer à la communauté des épouses ou à la vie de garnison. La femme du capitaine l'avait bien invitée une fois ou deux à des cafés et d'autres activités du genre, mais elle n'avait pas répondu et l'autre s'était lassée. Une fois, Lulu avait insisté pour qu'elle assiste à une séance d'information pour les familles avant un départ en mission. Elle avait passé une demi-journée dans le fauteuil en skaï bleu électrique d'une salle de cinéma défraîchie à écouter un tas de types lui dire que tout irait bien. Quand, à la fin, l'aumônier était monté sur scène, avec son treillis et son visage si gentil, trop gentil pour un militaire, elle avait quitté la salle. Ils n'en avaient jamais reparlé.

La seule épouse dont elle se sentait proche était Mathilde, et Mathilde habitait loin. C'était elle, le modèle de l'épouse qu'Aurélie aurait voulu être. La femme solide et inébranlable, celle qui contrôle tout sans rien céder aux exigences de la vie militaire. Le jour où Mathilde lui avait annoncé que Stéphane quittait l'armée,

Aurélie avait senti une jalousie immense l'envahir. Mathilde tenait sa victoire. C'était donc possible. Depuis, Aurélie vivait dans l'espoir de ce jour. Elle repoussait les questions qui affluaient : et ensuite, il fera quoi ? Et toi ? Vous irez où ? Elle n'avait jamais réussi à lui imposer quoi que ce soit. Il s'était marié en uniforme. Il avait choisi le prénom du petit. Merde, elle avait même fini par l'appeler par ce surnom stupide qu'elle détestait.

Le prénom du gosse, ç'avait été dur. Elle avait imaginé un truc à la mode, un prénom tout en syllabes rondes et sautillantes qu'elle aurait pu écrire avec de jolies lettres sur ses dessins d'enfant et porter en bracelet sur le poignet. Mais pas question. « Mathis » était apparu comme un compromis où elle avait fait l'essentiel du chemin.

Au bout de deux jours, elle avait envisagé d'appeler les gendarmes. Puis elle avait renoncé. Lulu n'était pas fou, il n'avait pas été enlevé. Pas d'accident tragique. Pas de noyade. Pas de platane ni de fossé. C'était un choix. Il ne voulait pas qu'on vienne le chercher, il serait introuvable de toute façon, il fallait se montrer patiente. Elle avait tenté de se raisonner. Mais les heures se changeaient en jours et ses efforts se muaient en colère, un peu plus forte, un peu plus proche.

Le soir, lorsque Mathis était couché, elle laissait filer son imagination et concevait les scénarios les plus fous : tout quitter, maintenant, partir et recommencer un bout de vie ailleurs, dans une vraie ville, dans le Sud, n'importe quoi d'autre que cette foutue cahute humide, cette foutue lisière de forêt en bas du jardin, cette foutue route de campagne défoncée, cette foutue région dans laquelle les hivers duraient six mois. Tout plutôt qu'ici. Ce n'était pas sérieux, elle le savait, mais c'était un moyen de faire redescendre la pression, de ne pas devenir dingue à force d'attendre, de ne pas savoir, de s'inquiéter du moindre claquement de porte ou, pire encore, du moindre flash d'information.

L'absence de Lulu était celle de toutes ses missions, de toutes les patrouilles dont il n'avait pas le droit de parler, de toutes les fois où, au téléphone, il lui avait avoué à mi-voix que ç'avait été chaud, aujourd'hui. Elle enfilait un masque lorsqu'elle allait chercher Mathis à l'école, afin de redevenir Maman, de ne pas flancher, tu as passé une bonne journée, mon chéri ? Allez, viens, on va goûter. Super maman femme de soldat qui porte seule le monde entier sur ses fines épaules. Avant de le mettre au lit, elle prenait Mathis dans ses bras et lui parlait, d'elle, de son père, de tout ce qu'ils feraient quand il reviendrait – tout, pourvu qu'il ne s'emmure pas dans le silence comme Lulu. Et puis la nuit tombait et tout recommençait.

Trente-six ans. Elle est belle. Elle vous emmerde.

Sur la table du salon, elle entendit son téléphone vibrer. Mathilde. Elle hésita un instant, prit l'appel.

« Oui ?

— Aurélie, c'est moi. Tu tiens le coup ?

— Ça va, ça va. Enfin, je crois. Je suis un peu paumée. Je comprends pas ce qui se passe.

— Je n'imagine même pas ce que tu dois traverser. Mais je suis sûre que ça finira par s'arranger. »

Au bout du fil, Mathilde entendit Aurélie réprimer un sanglot. Elle relança la conversation, vite, parler du petit, parler d'autre chose. Tout ça n'était qu'un mauvais rêve. Les choses rentreraient dans l'ordre. Les beaux jours reviendraient. Aurélie était épuisée. Elle se laissa consoler par la voix réconfortante de Mathilde, murmurant les « mmmh » timides d'un enfant que l'on rassure après une crise de larmes. Elles avaient leurs chagrins en partage, ceux que les maris ne voient pas quand ils sont loin, ceux que l'on minimise toujours en pensant aux enfants, parce qu'il faut bien tenir le coup pour eux. Aurélie savait. Mathilde aussi.

« Ils vont venir te voir, je pense. C'est aussi pour ça que j'appelle.

— Qui, ils ?

— Ben, les gars de sa section. Son sergent, Trègue. Marouane aussi. Et puis un petit jeune, un lieutenant, sympa. Et Stéphane, évidemment. Ils ont passé la nuit ici et sont repartis ce matin.

— J'ai pas envie de les voir.

— Stéphane m'a simplement dit qu'il partait pour quelques jours, mais si j'ai bien suivi, ils vont d'abord chercher autour de chez toi.

— Comme si j'y avais pas pensé, tiens. Ils me font bien rire, tous.

— Je m'en doute. Mais je suis sûre qu'ils finiront par passer te voir. Ils voudront savoir ce qui s'est passé.

— J'ai pas le courage pour ça.

— J'essaierai d'appeler Stéphane pour lui dire que c'est une mauvaise idée. Mais tu sais comment ils sont.

— Je sais, oui.

— Si tu veux, tu peux venir te reposer à la maison quelques jours.

— C'est gentil. Merci. »

Les deux femmes restèrent silencieuses un instant.

« Aurélie ?

— Oui.

— Essaie de leur donner un indice, une piste, un os à ronger. N'importe quoi pour qu'ils te laissent tranquille.

— Ça fait quatre jours. Si j'avais trouvé quoi que ce soit, je l'aurais déjà dit.

— Pardon, c'est idiot, je n'aurais pas dû dire ça. Je voulais juste que tu te prépares et que tu saches que je pense bien fort à toi, que je suis là si tu as besoin d'aide. N'hésite pas.

— Merci.

— Appelle-moi quand tu veux.

— D'accord.

— Promis ?

— Promis.

— Je t'embrasse.

— Bisous. »

Aurélie reposa le téléphone sur la table. Elle alluma une cigarette. Dans le salon, la télévision diffusait les images silencieuses d'un conflit lointain. Un petit garçon apparut, qui faisait de grands signes à une colonne de soldats. Aurélie trouva qu'il ressemblait à son fils.

11

Là-bas

La nuit était tombée. Ils étaient assis en cercle sur des fauteuils de camping devant la tente de l'adjudant. Le froid vif leur rougissait les joues. Au-dessus d'eux, un néon accroché à l'auvent de tôle jetait une lumière crue sur leurs visages aux traits tirés.

Ils étaient rentrés de l'opération quelques heures plus tôt, le soleil était encore haut dans le ciel. L'excitation avait mis du temps à retomber. Ils avaient fait le point des matériels, comme à chaque retour : le blindé qui avait été visé accusait quelques éraflures et des pneus en lambeaux, rien de grave. Les autres n'avaient rien. Ils avaient tiré presque la moitié de leurs munitions. Marouane avait fait l'inventaire et envoyé ses demandes à la compagnie. Les caisses de cartouches, les roquettes, les grenades étaient arrivées un peu plus tard pour reconstituer les stocks des groupes de combat. Ils avaient rempli les chargeurs, refait les sacs, nettoyé les armes, complété les trousses de secours. À la tombée de la nuit, la section était prête à repartir et les sergents avaient envoyé les soldats à la douche, enfin. Les gars allaient bien, fatigués mais tous indemnes. Les conversations s'étaient animées au cours du dîner. Les plus jeunes avaient besoin de parler.

Un peu avant vingt heures, le capitaine Bourguet était venu leur annoncer que Junior n'avait pas survécu. Ils n'avaient pas eu de détails, sinon que Junior allait bien jusqu'à une brutale chute de tension pendant le vol vers l'hôpital, sans doute à cause de l'hémorragie. À l'arrivée, les médecins n'avaient rien pu faire. Toutes les communications avec la France étaient suspendues le temps que les autorités militaires annoncent le décès à ses parents. Avant de repartir, le capitaine avait dit à Stéphane de préparer les affaires de Junior, pour qu'elles puissent être expédiées avec son cercueil et remises à sa famille. Lulu, Dauphel et deux ou trois autres gars du groupe avaient bouclé des sacs avec ce qui traînait autour du lit de camp de leur sergent.

Le silence s'était abattu sur la section. Abasourdis, les soldats s'étaient réfugiés dans la chaleur de leurs tentes. Ils devaient jouer à la console ou aux cartes, regarder un film, essayer de dormir peut-être. Il n'y avait pas grand-chose à faire. Les plus anciens, eux, sans se concerter, étaient ressortis une fois les ordres donnés et s'étaient assis en cercle, emmitouflés dans les couvertures de laine grossière qu'on vendait au marché à proximité de la base. L'un d'eux avait ramené des bières, un autre avait sorti une bouteille rescapée d'un colis. Ils avaient commencé à boire en fixant le centre du cercle, comme s'ils espéraient y voir naître un feu de camp. Les flammes réconfortantes d'un week-end de camping plutôt que le gravier triste d'une base perdue dans une zone de guerre.

Le capitaine revint avec les ordres pour le lendemain : le corps de Junior serait ramené sur la base le temps d'une cérémonie rapide à laquelle assisteraient le colonel et le général. Il faudrait prévenir tout le monde, constituer une équipe de porteurs, répéter la gestuelle, vérifier les tenues. La mort d'un soldat s'accompagnait d'une pesanteur administrative insoupçonnée. Le tragique n'affranchissait pas des contingences de la vie courante. En France, l'équipe du régiment chargée du rapatriement du corps et du contact avec la famille devait tourner à plein régime.

Stéphane proposa ensuite au capitaine de boire un verre avec eux. Le vieux accepta à contrecœur. On lui servit une solide rasade de whisky de supermarché. Le capitaine regarda les quelques sergents et caporaux-chefs assis autour de caisses d'obus faisant office de table basse. Pour certains, notamment les deux plus jeunes sergents de la section, c'était la première fois. Les autres, Stéphane, Lulu et les anciens, savaient d'avant et d'ailleurs. Peu importait. Personne ne s'habituait. Les yeux étaient secs, les mâchoires serrées, les mains crispées autour des gobelets.

« Je pensais qu'il s'en sortirait », finit-il par dire. Comme s'il y avait autre chose à faire que se taire, boire et laisser la brûlure de l'alcool anesthésier ce qui pouvait l'être.

Malgré le silence, le vieux insista.

« Comment vont les gars ?

— Ils pioncent, mon capitaine, répondit Stéphane. Ou pas. Ils sont en piaule. Je donnerai les ordres demain matin. Pas le courage ce soir. »

Lulu intervint : « Les sacs du sergent sont prêts, mon capitaine.

— Merci, Lulu, mais ce n'était pas urgent, tu sais. »

Un temps.

« Tu vas prendre le groupe en attendant qu'un remplaçant arrive.

— Reçu, mon capitaine. »

Rien chez Lulu ne trahissait la moindre émotion. Le capitaine Bourguet vida son verre d'une traite et se leva.

« Tâchez de vous reposer un peu. Et picolez pas trop, ça ne changera rien.

— Je veille, mon capitaine », fit Stéphane.

Le vieux interrompit son mouvement, bouche entrouverte. Il hésitait.

« Un dernier truc : vous avez fait ce qu'il fallait aujourd'hui. Personne ne s'est dérobé. Il s'est passé ce qu'il s'est passé, mais vous avez fait votre boulot. Ce n'est pas de votre faute. Ce n'est la faute de personne. »

Lulu baissa les yeux sur son verre vide. « Pour ce que ça change… »

Bourguet soupira. « Ne ruminez pas. Je sais que ce n'est pas facile. La mission continue. On pourra… On aura d'autres chances. »

Il attendit un instant.

« Bonne nuit, les gars. »

Ils marmonnèrent à l'unisson un « 'nuit mon cap'taine » à peine audible. Bourguet sortit du cône de lumière, le pas lourd. Lulu se leva, vida ce qu'il restait de la bouteille dans les gobelets. Fit passer ses cigarettes à ceux qui en voulaient, en alluma une, puis, sans se rasseoir, s'adressa à Stéphane.

« Mon adjudant, autorisation de dire un truc. »

Stéphane opina. Lulu brandit son verre dans sa direction et se figea dans un garde-à-vous exagérément raide.

« À la mémoire de notre frère. » Sa voix était forte et assurée, à peine embrumée par l'alcool et le tabac. « Qu'ils crèvent tous, qu'ils paient tous, qu'on soit vengés. »

Il y eut un moment de flottement puis les autres s'extirpèrent des couvertures et vinrent rejoindre Lulu.

« Et vive la mort.

— Vive la mort », reprirent-ils sans conviction, avant d'entrechoquer maladroitement leurs gobelets, puis de les siffler d'une traite.

Ils se rassirent. Stéphane regarda Lulu. Son pantalon de treillis était taché de sang. Pas l'ombre d'un sourire, pas l'ombre d'une larme. Il semblait juste un peu plus vieux que le matin. Stéphane secoua la tête.

« Tu fais chier, Lulu. C'est quoi ton cinoche, putain ? T'aurais pas pu trouver autre chose ? Vive la mort, tu parles. De la merde, oui.

— C'était un frère, non ? Qu'ils crèvent tous, non ? Rien à foutre des films à la con. »

Stéphane regretta aussitôt sa réaction. « Laisse tomber. T'as raison. »

L'un des jeunes sergents annonça timidement qu'il avait une autre bouteille, cachée dans l'un de ses sacs. Marouane sonda Stéphane du regard, qui hocha de la tête.

« Va la chercher, mon gars. On va pas aller dormir tout de suite. »

Au loin, les tirs d'artillerie continuaient dans la plaine. Un hélicoptère passa en vrombissant au-dessus d'eux, tous feux éteints. Le ciel glacé était rempli d'étoiles.

« Vive la mort, putain », fit Stéphane pour lui-même.

12

Ici

Par la fenêtre de la cuisine, Aurélie vit la voiture s'engager sur le chemin de terre menant à la maison. Elle vint se garer dans la cour en faisant crisser les graviers sous ses pneus. Ils sortirent. Un type jeune qu'elle ne connaissait pas. Stéphane. Trègue, le chef de groupe de Lulu – celui qui avait remplacé l'autre, mort l'année dernière pendant la mission, et dont elle n'avait jamais connu le nom puisque Lulu l'appelait Junior. Foutus militaires et leurs foutus surnoms. Et Marouane, enfin, Marouane dont elle avait espéré qu'il ne se montrerait pas.

Dans sa chambre, Mathis s'amusait avec ses jouets dans un babil discret et réconfortant. Elle inspira profondément puis leur ouvrit la porte avant qu'ils n'aient le temps de sonner. Elle dit bonjour, les invita à entrer, se fit présenter le lieutenant, auquel elle serra la main, accepta une bise maladroite des autres, même de Marouane. Elle les accompagna jusqu'au salon, leur proposa un café qu'ils refusèrent, nota au passage qu'ils n'avaient pas offert d'enlever leurs chaussures sales à l'entrée et se mordit la langue pour réprimer une remarque. Ils étaient là pour l'aider, se répéta-t-elle comme pour se convaincre.

Stéphane expédia les préliminaires de la conversation sans traîner. Ils avaient passé deux jours à tourner en rond dans la ville et dans la campagne environnante, fait le tour de tous ceux qui auraient pu voir ou entendre quelque chose. Après avoir passé l'après-midi de la veille à arpenter la forêt sous une pluie glaciale, ils avaient pris conscience que tout cela était ridicule. Autant suggérer que Lulu s'était caché dans sa propre cabane à outils. Ils en étaient là, c'est-à-dire nulle part.

Elle écoutait Stéphane et ses phrases qui semblaient se cogner à tous les recoins de sa bouche, observait sa façon de les ponctuer d'un regard fatigué. Marouane fixait un point indéterminé au-dessus d'elle, tournant de temps à autre les yeux vers Stéphane. L'air nerveux, Trègue tripotait son téléphone. Le lieutenant la dévisageait avec une intensité qui la troublait. Elle se perdit dans ses pensées, puis réalisa que Stéphane avait arrêté de parler.

Elle fit répéter la question. Savait-elle quelque chose d'autre ? Non, rien de plus. Non, il ne s'était rien passé de spécial la veille, à part la vague allusion de Lulu à l'idée de quitter l'armée à la fin de son contrat. Oui, elle avait vérifié leur compte en banque : la nuit de sa disparition, Lulu avait retiré la moitié de leur petit compte d'épargne, celui des coups durs et des vacances, à un distributeur du centre-ville. Quelques centaines d'euros. Depuis, plus rien. Il n'avait pas touché au compte courant ni utilisé sa carte de crédit. Elle avait aussi appelé le service clients de son opérateur mobile pour leur demander s'ils pouvaient localiser son mari, s'était fait balader pendant une demi-heure de technicien en technicien, pour finir par tomber sur un type désagréable qui s'était présenté comme un manager et l'avait envoyée promener. Oui, elle avait appelé la mère de Lulu, qui n'avait pas de nouvelles non plus. Oui, elle essayait encore de le joindre, plusieurs fois par jour. Non, elle ne laissait plus de message. Non, elle ne savait pas s'il y avait une autre femme. Non, elle n'avait rien à cacher.

Stéphane, qu'elle connaissait bien, qu'elle aimait bien, qu'elle admirait un peu aussi, Stéphane continuait à mener ce qui ressemblait de plus en plus à un interrogatoire, du même ton calme, d'une voix traînante mais douce, patiente, comme s'il s'adressait à un enfant. Aurélie se tassait au fond de son fauteuil, les épaules rentrées, les mains crispées sur les accoudoirs râpés de mauvais cuir, du cuir de pauvre. Et la colère, cette colère qui montait encore.

« Tiens, t'es là bonhomme ? »

Aurélie eut un sursaut qui lui fit lâcher sa cigarette. Mathis était sorti de sa chambre et regardait la scène de ses deux grands yeux clairs. Ses longs cils de fille. Son air étonné. Marouane lui sourit, l'invitant à venir l'embrasser. Elle ramassa sa cigarette précipitamment, ignorant la marque de brûlure sur le tapis, et lâcha, glaciale : « Laisse. Le gosse. Tranquille. »

Marouane se tourna vers elle : « Tu lui en as parlé ? Il est petit, mais il a peut-être vu quelque chose ? »

Aurélie serra la mâchoire.

« Non. »

L'ambiance était électrique. Charlier intervint : « On devrait peut-être y aller. »

Marouane s'agaça.

« Faudrait savoir, je croyais qu'on voulait explorer toutes les pistes ? Je suis désolé, mais aucun de nous ici sait quoi que ce soit. Franchement Aurélie, c'est pas contre toi hein, mais pourquoi pas demander au gosse au point où on en est ? On va pas le traumatiser, juste lui demander s'il a rien vu. »

Aurélie se lève d'un bond. Leur dit de partir. Marouane vient se planter en face d'elle. Il la regarde, surpris, comme s'il ne comprenait pas. Elle approche son visage du sien, tout près, si près qu'elle voit la petite cicatrice sur sa lèvre supérieure et des gouttes de sueur sous son nez. Des gouttes de sueur alors qu'il fait froid. À cet instant, elle pourrait le mordre. Le griffer. Le goût du sang dans sa bouche. Les digues qui cèdent.

Elle hurle. « Bande de connards. Interroger le gosse ? Il a quatre ans le gosse. Il y est pour rien, il joue avec ses dinosaures et ses chevaliers, il connaît à peine son père, le gosse. Personne sait rien et vous voulez interroger mon gamin, tout salir avec vos gros doigts, vos grosses mains, vos chaussures sales, piétiner mon gamin. »

Le dernier mot est presque un hoquet. Un sanglot. Les trois autres se lèvent enfin avec des mouvements prudents comme pour ne pas déranger. Marouane va dire un truc, les mots sont là, derrière ses dents. Elle le sent, Stéphane aussi. Sans un geste, il lance à Marouane un regard autoritaire : « non ». La phrase reste suspendue entre ses lèvres comme un éternuement qui finalement ne vient pas.

Elle allume une autre cigarette, les mains tremblantes, la lèvre tremblante, les joues tremblantes, tout le corps tremblant. « Ah, les héros de guerre », la voix aigre, le ton cruel. « Ils sont beaux. Vous êtes beaux. Vous croyez que je vous ai attendus. » Elle marche en rond dans le salon. Romain, hypnotisé, fournit un effort surhumain pour ne pas se planquer encore une fois derrière l'écran de son téléphone, espérant un message providentiel qui le sortirait de là, de ce moment. Alors elle se tourne vers son fils et le pousse gentiment vers le couloir. « Va jouer dans ta chambre, mon cœur. » Le gamin court comme on court à cet âge-là, moitié enthousiasme, moitié maladresse. Elle l'aime encore plus fort d'un seul coup, une grosse bouffée de chaleur qui part de son ventre et monte vers sa poitrine.

Le gamin parti, la tension chute. Elle comprend que c'est fini, qu'elle va rendre les armes. Elle baisse la tête, se résigne. « Foutez le camp. » Personne ne répond, personne ne bouge. Infoutus de parler. Lulu, comme les autres, même le jeune, là, le lieutenant qui ne sait pas, qui ne comprend rien. Mais elle sait déjà, elle. Elle sait les nuits qui l'attendent, à tourner en rond, à fumer trop, à se dire qu'il faut pas boire et à boire quand même. Elle voudrait leur dire aussi la solitude de l'autre, celui qui reste, la veille, la peur, ces mois interminables à sourire à la caméra, tout va bien mon chéri t'en fais pas, alors que la voiture est en panne, que la machine à laver fuit, que le gosse est malade et qu'elle est seule. Seule face à ses décisions, seule face aux angoisses, surtout celles de ta mère, la torture que c'est de devoir la consoler, elle, en plus de tout le reste. Seule à s'interdire de confier ses soucis pour ne pas t'inquiéter, tu risques ta vie après tout, pas elle, seule face à l'attente, face à toutes ces choses qu'elle a envie de faire avec toi et qu'elle ne fait pas, seule à se dire que vous devriez partir en voyage quand tu rentreras, si tu rentres et que tu te sens capable, un jour, de faire autre chose que manger, baiser, dormir. Seule, seule à en crever. Elle voudrait leur dire tout ça, mais l'a-t-elle fait ? Ou bien les mots sont-ils restés coincés en travers de sa gorge ? Elle ne s'en souvient plus.

Le lieutenant dit d'une voix de robot « merci madame, pardon madame, on va s'en aller maintenant ». Il lui sourit et c'est le coup de grâce, ce sourire, la gentillesse de trop, alors la colère revient comme une vague à la marée montante, celle qui submerge le rocher sur lequel on se tient debout alors qu'on se croyait à l'abri, qu'on pensait avoir le temps.

« Me parlez pas, vous. Vous êtes comme eux. Vous serez comme eux. » D'autres choses, plus méchantes encore, peut-être, à moins qu'elle ait seulement cru les prononcer ?

Stéphane se gratte l'avant-bras. Un tic irrépressible. Ses yeux la fixent sans sembler la voir. La voix du lieutenant reprend, elle tremble un peu mais elle fait effet, ils commencent à refluer vers l'entrée, dans un seul mouvement. Ils sortent. Enfin. Elle reste là, debout, dans le salon. Sa cigarette à la main, presque pas touchée.

La cendre qui tombe sur le tapis dans un silence de neige. La porte qui se ferme.

Elle les voit par la fenêtre près de leur voiture, tête basse, discutant à mi-voix, ne sachant pas quoi faire. Elle entend presque Marouane dire un truc idiot pour relâcher la pression. Qu'est-ce qu'elle nous a mis l'ancienne, ou quelque chose comme ça. Et, d'un coup, sans réfléchir, elle se précipite dans sa chambre, ouvre l'armoire qu'elle n'ouvre jamais, celle où Lulu range ses trucs. Vieux souvenirs, vieux treillis, vieilles odeurs étrangères. Une poussière ocre pas de chez nous. C'est là qu'il y a le carton à chaussures, en haut. Elle l'attrape. Elle n'a jamais lu ce qu'il y avait dedans. Trop peur de trouver des trucs sur elle. Plus encore, de ne rien y trouver sur elle.

Elle ressort en courant. Appelle Stéphane sur le point de s'installer dans la voiture. Lui tend le carton. Marmonne trois mots, une excuse, peut-être. Rentre sans lever les yeux. Quelques instants plus tard, le bruit du moteur et des pneus sur le gravier.

Le silence. Puis la voix de son fils, lointaine, dans sa chambre. Sa voix d'enfant qui joue. Ou qui chante. La vie qui continue avec les gens qui restent et leurs gosses qui chantent avec leurs dinosaures en plastique. Alors elle s'assied sur le canapé et pleure en silence, longtemps.

Stéphane aperçut Aurélie dans le rétroviseur en train de fermer la porte pour rentrer chez elle, avec son fils et l'espace occupé par l'absence de Lulu. Il ouvrit le carton à chaussures qu'elle lui avait donné.

« Qu'est-ce que c'est, mon adjudant ? »

Stéphane ne répondit pas tout de suite. Charlier se pencha vers le carton. Dedans, une vingtaine de carnets de poche, plus ou moins tachés, cornés, abîmés. Délicatement, Stéphane en saisit un au hasard. Les pages étaient couvertes d'une écriture maladroite.

« Lulu. »

13

Ailleurs

Mardi 15 septembre.

On est bien arrivés, il fait aussi chaud que dans mes souvenirs. J'aime bien ce pays, hâte de me perdre dans la forêt à nouveau.

Jeudi 24 septembre.

Retour des stages de préparation, ils nous ont appris plein de trucs sur la vie là-bas, dans la verte. Que des trucs que je connaissais mais ça fait toujours du bien de se rafraîchir la mémoire. Les jeunes du groupe ont passé les tests et la section est apte à partir en forêt. C'est bien. Le capitaine veut nous envoyer sur un poste isolé pour commencer. On va y rester quelques semaines, peut-être un mois. Pas d'Internet, pas de téléphone. Dur pour Aurélie et pour le petit mais je suis content.

Lundi 28 septembre.

Départ demain pour la forêt. La section est prête. Le groupe aussi. Marre de faire du camping dans les couloirs et les gymnases de la caserne. On a bu un verre avec les gars ce week-end dans le centre de Cayenne, c'est toujours ça de pris avant d'aller en forêt. Ça va leur faire drôle. Aux jeunes surtout. Je rigole en leur disant ça, je vois bien que ça les énerve mais ils vont vite comprendre.

Dimanche 4 octobre.

On est sur le poste depuis quelques jours. Il y a plein de trucs à faire mais la relève s'est bien passée. L'adjudant était content.

J'aime toujours autant la forêt. Elle m'entoure, elle se drape autour de moi, on pourrait étouffer à force de ne pas voir le ciel. J'aime les bruits et les odeurs lourdes lorsque la pluie s'abat sur nous. Pendant notre trajet en pirogue vers le poste, on a pris un orage tropical, court et chaud, et j'étais heureux comme un gosse sous les trombes d'eau. Le sergent m'a jeté un drôle de regard, je crois qu'il m'a pris pour un fou.

Mercredi 7 octobre.

On a commencé les patrouilles autour du camp pour essayer de repérer les itinéraires des orpailleurs. Pas encore beaucoup de prises, mais je ne suis pas inquiet. Ils sont là, ils nous observent.

La nuit, je descends voir les gars sur le poste de garde le long du fleuve. C'est l'un des seuls endroits où l'on voit le ciel, ailleurs, les cimes des arbres sont trop épaisses. Il n'y a pas de lumière autour, pas de lampadaires, pas de projecteurs, rien qui pollue la nuit noire. La vue sur les étoiles est à couper le souffle. J'ai pris quelques photos avec mon téléphone vu qu'il ne sert plus qu'à ça sans le réseau, mais je sais qu'elles ne rendront pas bien.

Dimanche 11 octobre.

Vu un iguane aujourd'hui. Les piroguiers arrivent à les attraper, je sais pas comment. Je crois qu'ils les vendent au marché après. Oscar, l'un des piroguiers, a bien tenté de m'expliquer la technique. Mais je ne suis pas assez rapide. Je me demande comment Mathis réagirait si je lui amenais un gros lézard avec des yeux ronds toujours surpris au bout d'une laisse. Ça vaut bien un chien, je trouve. Mais je ne crois pas qu'Aurélie serait de mon avis.

J'ai reçu un message de la maison. Tout va bien. Le petit commence à parler, juste quelques mots. C'est dommage de rater ça, mais je suis sûr qu'il aura plein de choses à me raconter au retour.

Mercredi 14 octobre.

En patrouille presque tous les jours. On commence à faire du bilan. Un mois demain qu'on est partis. Il y a du boulot, mais l'adjudant connaît son affaire et le sergent aussi. Un des gars est un peu fragile en ce moment, du mal à s'habituer à l'absence de contacts avec la France je crois. Faudra que j'en parle discrètement au sergent, s'il ne va pas mieux. Qu'on l'envoie à Maripasoula faire une lessive, passer un coup de fil, souffler quelques heures.

Hier, pendant la patrouille, on est passés dans une clairière au milieu de la forêt. Dès qu'on sort de l'ombre, le soleil est incroyablement violent. C'est bizarre, après plusieurs jours en forêt. J'aime bien, je ralentis mes gestes d'un seul coup et j'ai l'impression de me changer en arbre.

Vendredi 6 novembre.

On va être relevés demain par une autre section de la compagnie. Du coup, ce soir, on va vider les bouteilles saisies aux orpailleurs pendant les patrouilles. L'adjudant a dit qu'on irait ensuite à Maripasoula pour les semaines à venir.

Un peu triste de quitter la forêt, mais au moins on ne rentre pas à Cayenne. En plus, je vais pouvoir téléphoner à la maison. Besoin d'entendre Aurélie et Mathis pour m'ancrer de nouveau dans le monde réel. J'ai l'impression que sans ça, je pourrais m'enfermer dans l'immensité de la forêt et ne plus en ressortir. Je crois que d'une certaine façon je comprends les orpailleurs qui endurent les bestioles, le travail abrutissant, les dangers, les maladies et la misère. Il y a un truc hypnotisant dans ce pays.

Dimanche 8 novembre.

Pas envie d'écrire aujourd'hui.

Vendredi 13 novembre.

En patrouille pendant quelques jours, à la dure, dormi dans la forêt et tapé un gros site d'orpaillage. Le groupe bosse toujours bien.

Les paysages étaient à couper le souffle. Au final, peu importe le bilan. La piste à tailler, le poids du sac sur les épaules, la fatigue qui saisit le soir, les membres lourds lorsqu'on se hisse dans le hamac. Je lutte contre le sommeil pour profiter des bruits de la forêt avant de sombrer. Les jeunes se plaignent que les singes hurleurs font trop de raffut. Ils ne comprennent pas.

Lundi 23 novembre.

À Maripasoula, les gens perchent les poules dans les arbres le soir, pour éviter que les serpents ne les bouffent. Quand on part en footing tôt le matin, il en reste toujours quelques-unes posées sur une branche. Elles nous regardent passer l'air un peu indigné. C'est le meilleur moment de la journée.

Dimanche 29 novembre.

Hier soir, le groupe a pu aller en « ville » manger un morceau dans un boui-boui local. Quelques-uns sont allés dans un bar à filles après. Je suis resté à la porte, le temps que les jeunes fassent leur affaire. Ce genre de galipettes, c'est plus de mon âge. J'ai appelé Aurélie quand on est rentrés, au milieu de ma nuit. Elle s'apprêtait à réveiller le petit.

Je me suis senti un peu triste, loin de chez moi, à moitié saoul, à écouter ma femme et mon gamin poursuivre leur vie sans moi. C'est elle la femme de devoir, c'est elle le soldat. Moi, je suis un guignol embarqué dans une mission trop grande pour lui.

Lundi 30 novembre.

On sera à Cayenne la semaine prochaine, et on devrait y rester jusqu'aux fêtes de fin d'année.

Je suis déçu, j'aurais bien aimé qu'on retourne en forêt. Mais il faut que les sections tournent, m'a dit l'adjudant. En tout cas, les gars eux sont contents.

Mercredi 9 décembre.

On aurait dû partir il y a deux jours, mais les avions ont été retardés. Ça me plaît d'avoir du rab à Maripasoula. J'ai peur qu'on nous emmerde plus à Cayenne, avec la discipline notamment. J'ai dit aux mecs de se tenir à carreau. Si ça doit merder, j'espère que ça ne viendra pas de chez nous.

Vendredi 25 décembre.

J'ai eu Aurélie et Mathis sur Skype aujourd'hui. C'est à peu près le seul truc intéressant à raconter de ces dernières semaines.

Samedi 2 janvier.

Nouvelle année, mêmes têtes de cons, m'a dit l'adjudant pendant le réveillon. On a fait un repas section, qui s'est fini en boîte. C'est marrant, les jeunes ne supportent pas les bruits de la forêt mais ils aiment se rendre sourds dans ce genre d'endroits. Bon, il y avait quelques jolies filles. Mais j'ai compris pourquoi je n'aime pas Cayenne : la nuit, avec les lumières, pas moyen de voir le ciel.

La bonne nouvelle, c'est qu'on repart en forêt dans quelques jours. J'ai caché ma joie à Aurélie.

Vendredi 8 janvier.

Nouveau poste. Plus confortable que le premier, plus isolé aussi. J'étais content de retrouver la verte, mais maintenant qu'on y est, je

Je ne sais plus ce que je voulais dire.

Je ne sais pas si j'ai encore envie de parler.

Jeudi 14 janvier.

On repart en OPEX en octobre. J'ai appris ça ce matin, il va falloir que je l'annonce à Aurélie. Ça devrait être sérieux, cette fois.

Sinon, rien, la forêt. Plus que quelques semaines. Envie de rentrer.

Samedi 30 janvier.

Dernier jour sur le poste. Dans une semaine, la maison. Il est temps. J'aime toujours la Guyane, mais je crois qu'elle ne me manquera pas, cette fois.

Lundi 8 février.

À l'aéroport. On va pas tarder à embarquer. C'est bien fini.

Jeudi 27 octobre.

Retrouvé ce carnet hier, en faisant mes sacs. On est dans l'avion, quelque part au-dessus de la Méditerranée. En route pour la grande aventure. Le groupe va toujours bien, c'est la première fois que ça risque de cartonner pour au moins la moitié d'entre eux. Ils ne savent pas encore ce que ça veut dire. Moi, j'ai un peu peur. Mais j'ai l'habitude.

14

Ici

Ils sortirent la vingtaine de carnets du carton et les étalèrent sur la table basse de Charlier. Ils passèrent l'après-midi à sonder la mémoire de Lulu entre ratures et gribouillis. De temps en temps, Marouane et Romain sortaient fumer sur le balcon. Ils commandèrent des pizzas. Le livreur était un ancien caporal du régiment qui avait quitté l'armée depuis peu. Il fit semblant de ne pas reconnaître Stéphane.

Il y avait les carnets du quotidien, recouverts des ordres pour le lendemain, de listes de numéros d'armes pour une perception, de choses à faire griffonnées à la hâte : *Rappeler le bureau des sports. CEITO février – CENTAC juin ? CCH ADAM CIBLERIE !!!!* On trouvait aussi parfois un dessin ou une mention personnelle. Le schéma d'un poste de police en Côte d'Ivoire. Un carrefour à défendre en camp de manœuvre. Presque jamais de dates, mais ils comprirent tout de même que presque toute la carrière militaire de Lulu était là, résumée en notes étranges. Dans les carnets les plus anciens, seul Stéphane reconnaissait les noms. « Ah putain, je l'avais oublié ce con », marmonnait-il à mi-voix. Charlier pensa à ses propres carnets, remplis des mêmes futilités, et que lui non plus ne jetait pas. Ils étaient rangés quelque part dans un tiroir de son bureau. Sauf qu'il n'en avait que deux ou trois.

Cinq ou six carnets de Lulu étaient plus personnels, comme une sorte de journal. Ils ne concernaient visiblement que les opérations extérieures. La première : Bosnie, en 1998. Puis toutes les autres : Tchad, Côte d'Ivoire, Kosovo, Liban, Guyane, Nouvelle-Calédonie, Centrafrique, Afghanistan, Mali… La Guyane, deux fois. La Côte d'Ivoire, trois fois. En pointillé, Lulu avait consigné une mémoire du dérisoire et de l'éloignement, amassée méticuleusement dans les endroits les plus improbables et parfois les plus dangereux de la planète. Et au milieu, quelques tranches de vie. La grossesse d'Aurélie, apprise après un départ. Des coups de colère contre un subordonné, plus rarement contre un chef. L'insouciance des premières fois, puis la violence qui frappe. L'armée qui change, les jeunes qui arrivent sans cesse, chaque année, et les anciens qui partent. Des visages, parfois. Stéphane qui revient régulièrement. Des réflexions plus intimes sur le sentiment de ne pas être à la hauteur. Sur la peur et sur la colère.

Marouane finit par suggérer de se concentrer sur le carnet qui couvrait leur dernière mission.

« Celui-ci parle de la Guyane, au début. La dernière, je crois, il y a deux ans. C'est peut-être dedans », dit Charlier.

Les autres regardèrent le carnet qu'il tenait. Stéphane reposa le sien sur la table basse.

« Sûrement, mon lieutenant. Le mien est plus ancien.

— C'est forcément celui-là. Il n'est pas terminé. La dernière entrée date de… du 26 mars.

— On est rentrés deux ou trois jours après, le 28 ou le 29. On devait déjà être au sas de décompression. »

Charlier tendit le carnet à Stéphane. Romain et Marouane l'observaient tandis qu'il commençait à lire. Il leva les yeux, agacé.

« Me regardez pas comme ça, ça va prendre un peu de temps. Tenez, essayez de trouver son carnet d'ordres pour la même période, on gagnera du temps. »

Les deux autres se replongèrent dans la pile de carnets sur la table. Charlier, pensif, fit quelques pas dans le salon. Il s'arrêta devant la porte vitrée donnant sur le balcon. La pluie avait recommencé à tomber.

Une vingtaine de minutes plus tard, Stéphane referma le carnet et le posa sur la table en soupirant.

« Rien.

— Rien du tout ? demanda Marouane en haussant un sourcil. Vous voulez dire qu'il a rien écrit, là-bas ?

— Si, si, il y a quelques trucs. Mais rien qui pourrait nous aider sur sa… sa disparition. Il parle de la vie sur la base, de quelques opérations. La fois où on a ensablé un camion et qu'il a fallu faire venir une grue pour le sortir, et où les mécanos pétaient de trouille parce qu'on nous annonçait des insurgés partout. Comment elle s'appelait cette manip' déjà ?

— L'opération "Forges de Vulcain" ou un truc du genre, non ?

— Ouais, un truc du genre, enfin on s'en fout. Il parle des deux mecs de la première compagnie qu'on a gaulés en train de fumer un pétard dans un poste de garde et de leur chef de groupe qui leur a mis une branlée.

— Ah ouais, je me souviens de ça. Ils ont pris un vol bleu tous les trois.

— Tu vois, rien d'utile. Il parle de la mort de Junior, aussi, et de ton arrivée, Trègue.

— Mon arrivée ? Qu'est-ce qu'il dit ?

— Rien d'important. Que le nouveau sergent est arrivé, qu'il a l'air sympa. Tu t'attendais à lire l'éloge de tes qualités militaires et professionnelles ? Après plus rien, quelques trucs poétiques sur les jours qui rallongent, le ciel qui se réchauffe. Et la relève, à la fin.

— Et la dernière entrée, mon adjudant ? » interrogea Charlier.

Stéphane rouvrit le carnet.

« *Temps de rentrer à la maison et de reprendre une vie normale. Redevenir un mari et un père. Dormir.*

— C'est tout ?

— C'est tout. »

Marouane avait de son côté parcouru les carnets de vie courante, notamment le dernier. Il avait trouvé le message radio formaté, rédigé pour demander l'évacuation de Junior. Suivaient un point sur les matériels du groupe, un autre sur les munitions, les ordres pour la cérémonie, la tragédie vue sous l'angle administratif. Sur les dernières pages, le retour à la routine d'une vie de garnison en France.

Romain saisit quatre bières dans le carton à ses pieds et les tendit aux autres, en gardant une pour lui, qu'il décapsula avec son briquet. Charlier vint se rasseoir.

« Bon. Faut faire le point.

— Ça va aller vite, mon lieutenant, fit Marouane. On a rien du tout. On tourne depuis une semaine et on a pas l'ombre d'un indice. À part aller voir sa mère, je vois pas bien ce qu'on peut faire. »

Stéphane soupira.

« Aurélie l'a déjà appelée. Je crois que Lulu l'a pas revue depuis son mariage. On peut, oui, mais on apprendra rien de plus. Et puis… Et puis il faut que vous retourniez bosser quand même. Vous êtes pas censés partir en manœuvres la semaine prochaine ?

— Si, si. J'ai réussi à gagner un peu de temps avec le capitaine, mais ça ne durera pas éternellement. »

Silence gêné autour de la table.

« On prévient toujours pas les flics ? demanda Romain.

— Ben si, il va falloir.

— Quel jour on est ?

— Jeudi. »

Charlier prit les choses en main.

« Bon. Demain matin, on va aller voir les gendarmes et signaler la disparition de Lulu. Mon adjudant, faut qu'on vous ramène chez vous. Je veux bien que vous vous occupiez de prévenir sa femme. Je m'occupe de rendre compte au capitaine. Et lundi, tout le monde au boulot.

— Il va gueuler, le vieux, risqua Marouane.

— Eh ben il gueulera, tant pis, j'ai l'habitude. On a essayé. À un moment, on peut pas faire de miracle non plus. J'irai le voir demain en sortant de chez les gendarmes pour devancer le coup de douze, et puis comme ça je rattraperai un peu le boulot de la semaine.

— Marouane peut me ramener, mon lieutenant. Ou au moins me pousser à la gare, je choperai un car.

— Bon. Et si quelqu'un a une idée de génie dans le week-end, on se tient au courant. La compagnie part mercredi. Ça nous laisse un peu de temps. » Charlier interrogea du regard les trois autres. « Ça vous va ?

— Reçu, mon lieutenant », répondirent Marouane et Romain en chœur.

Stéphane se contenta de lui sourire.

Marouane et Romain gagnèrent ensuite leurs chambres respectives dans le bâtiment des cadres célibataires du régiment. Stéphane, qui avait dormi sur le canapé du salon toute la semaine, se retrouva seul avec Charlier. Il accepta un verre, et ils trinquèrent mollement sur un fond de vieux rhum dominicain ramené d'une escapade touristique de quelques jours avec Élise – une autre vie, une autre époque, pour Charlier.

« C'est un rhum à cigares que vous avez là, mon lieutenant. »

Charlier sourit. « J'ai jamais aimé les cigares. J'ai jamais vraiment aimé le rhum non plus, pour être honnête. Mais c'est toujours mieux que les bières tièdes de Trègue. » Il regarda les carnets de Lulu, éparpillés sur la table. Vingt ans de vie dans quelques pages cornées, parfois gondolées par la pluie ou la sueur. Les carnets sentaient le vieux treillis, eux aussi. « Vous devriez les emporter avec vous pour les relire quand vous aurez le temps, mon adjudant. Peut-être qu'on a raté quelque chose. »

Stéphane entreprit de remettre les carnets dans le carton à chaussures posé à ses pieds.

« Vous savez, mon lieutenant, je doute qu'on trouve quoi que ce soit d'utile là-dedans. Et sûrement pas un bout d'indice sur ses envies de partir. C'est pas vraiment le genre de Lulu.

— J'ai remarqué, oui. Mais en même temps, à relire son espèce de journal personnel, j'ai l'impression que je ne le connaissais vraiment pas du tout. »

Stéphane sourit tristement. « Vous l'avez rencontré il y a quoi, trois, quatre mois ? Moi, je le connais depuis vingt ans. Je savais pas qu'il écrivait quand on était en mission, et pourtant, on en a passé des semaines ensemble dans des postes isolés, en Afrique, au Kosovo ou ailleurs, à dormir dans la même piaule et tout. Et j'ai rien vu. » Il fit tourner pensivement le fond de rhum dans son verre. « Et après toutes ces années, je découvre que c'était une sorte de poète. Pour moi, la forêt guyanaise, c'était juste un brocoli géant avec des bruits à la con.

— Visiblement, il y voyait autre chose.

— Vous saisissez pas, mon lieutenant. Lulu et moi, les mecs comme nous, on lit déjà pas beaucoup, alors écrire, vous pensez…

— Je vois pas pourquoi Lulu aurait pas aimé écrire, ni vous d'ailleurs.

— Je sais pas. Je vais pas vous dire que c'est une histoire de milieu, c'est un prétexte ça. Et en même temps… Je me souviens, quand on a commencé tous les deux, avec Lulu, on avait un chef de section, un lieutenant, il devait avoir votre âge. On était en Bosnie pendant la Coupe du monde de foot en France, en 1998. Notre première mission. Dès qu'on pouvait, on essayait de suivre les matchs à la radio – il n'y avait pas de télé dans le poste, et on était dans la pampa. Et puis la finale arrive, et le capitaine fait rapatrier toutes les sections, sauf un groupe de garde, pour aller voir le match sur un grand écran à la popote du bataillon. Le lieutenant, comment il s'appelait ce con ? Un type marrant. Bref, on s'en fout, mais il a passé tout le match dans le fond de la salle à lire un énorme bouquin. Sûr, à la fin, il a bu un coup avec nous, mais il s'en foutait complètement. »

Charlier regardait fixement Stéphane dans les yeux.

« C'est juste comme ça, mon lieutenant, j'ai pas eu cette enfance-là. Quand j'étais gamin, je préférais le foot et le vélo à la poésie. C'est tout. Rien à voir avec le boulot de mes parents. Et je pensais que Lulu, comme moi, comme plein d'autres, je pensais qu'il était pareil. »

Charlier remplit les deux verres.

« Vous savez, j'ai parfois l'impression que les mecs se demandent si je suis pas d'une autre planète. Et encore, je suis pas vraiment caricatural comme officier, mais faut voir comme ils me regardent. Une fois, j'ai demandé à Guerrouj s'il avait les résultats des matches de foot de la veille pendant qu'on était sur le terrain. Il a eu l'air complètement ahuri et m'a dit qu'il pensait pas que ça m'intéressait.

— J'ai passé quinze ans à croire que les officiers étaient des martiens, mon lieutenant, renchérit Stéphane. Il a fallu que je devienne chef de section pour me rendre compte que c'était pas toujours le cas.

— C'est presque pas toujours le cas, mon adjudant. Presque. »

Ils trinquèrent.

Lulu avait disparu depuis une semaine.

15

Là-bas

Le froid vif lui gifla le visage à l'instant où il ouvrit la verrière. Au-dessus de lui, la turbine s'arrêtait dans un miaulement plaintif. Il ôta son casque et s'extirpa du cockpit. Une fois sur le tarmac, il sentit le vent glacial saisir la sueur dans son dos. Il réprima un frisson et se dirigea vers la salle de briefing en pressant le pas, sans prendre le temps de déposer son casque et ses équipements au passage. Il voulait savoir pour le blessé.

Le commandant l'attendait, seul dans la salle vide, le regard grave. Il n'eut pas besoin de demander.

« Leur gars s'en est pas sorti. »

Chaque mission d'appui de troupes au sol était différente. Mais on ne s'habituait jamais à apprendre, au retour, que l'un des soldats que l'on protégeait de ses feux n'avait pas pu être évacué à temps. Le pilote étouffa un juron entre ses dents.

« Tu pouvais pas faire grand-chose.

— Je sais, mon commandant. Mais ça fait chier quand même. »

Il posa son casque et ses équipements sur une table, dans un coin de la salle, puis saisit une bouteille d'eau tiède qu'il vida d'une traite. Il se retourna vers le commandant.

« C'était compliqué.

— Au sol ?

— Oui. Quand on est arrivés avec Tiger 17, la section était bien engagée dans le village, mais les rues étaient trop étroites pour qu'on puisse vraiment les appuyer ou les renseigner dans leur manœuvre. Ça tirait dans tous les sens.

— Et en face ? »

Le pilote se dirigea vers le tableau blanc accroché au mur et dessina rapidement le village : quelques lignes pour figurer les routes et les pistes, et quelques carrés pour représenter les maisons. Avec la pointe du feutre, il désigna un rectangle plein au milieu de son dessin.

« Le véhicule de tête était ici, à côté du cratère dans le sol. J'imagine que c'était l'IED. »

Il continua à dessiner : véhicules, positions des groupes. Puis il posa son marqueur et en prit un rouge, avec lequel il traça un ovale approximatif un peu plus loin. L'ennemi. « Ils devaient être quatre ou cinq par ici, sans doute une équipe d'observation pour déclencher l'embuscade, dans le village. Les gars en bas ne les avaient pas vus. On a traité tout de suite. Ils étaient loin, mais ils tiraient à la roquette. »

Il continua à décrire la situation en rajoutant des traits et des couleurs à son dessin. Les renforts ennemis, détectés et interceptés avant qu'ils n'aient pu rejoindre le reste des insurgés. La section amie, dans le village, combattant quasiment au corps à corps, imbriquée au point qu'il avait dû leur demander de déclencher un fumigène et de dévoiler leur position pour être sûr de ne pas leur tirer dessus. Et enfin, le lieu d'où avait été tiré le fumigène.

« Le JTAC a râlé un peu à la radio, pour la forme, mais il a transmis la demande et puis j'ai vu la fumée. Presque tout de suite après, on m'annonce un blessé. J'étais surpris que ce soit le premier, parce que vu comment ça défouraillait, je pensais honnêtement qu'il y en aurait plus.

— Oui, ils ont eu de la chance.

— Bref, ils ont marqué leur position, et j'ai commencé à sonder autour pour voir ce que je pouvais traiter sans risquer un tir fratricide, et c'est là que les insurgés ont rompu le contact.

— Avant que tu tires ?

— Oui, d'un coup. J'ai vu que ça se calmait en bas, et puis des mecs se sont mis à courir et à s'éloigner de la zone des contacts. La section a commencé à prendre en compte son blessé, ça a tiré encore un peu, puis plus rien. Les mecs se sont évanouis dans la nature.

— Tu as pu les traiter pendant qu'ils s'exfiltraient ? »

Il prit un nouveau feutre, un bleu cette fois, et traça des lignes supplémentaires sur son dessin.

« J'en ai tiré deux qui étaient encore armés et qui partaient par là. J'en ai vu cinq ou six autres courir de l'autre côté, mais ils n'étaient pas armés. Je me faisais pas d'illusions, mais j'ai pas pu demander l'autorisation de tir. »

Le commandant observa le dessin, pensif. Un entremêlement furieux de flèches multicolores recouvrait le tracé originel du village, en écho lointain à la confusion du combat.

« Il doit y avoir une cache d'armes dans le coin. Faudra qu'on fasse passer l'info au bataillon.

— Je le mentionnerai dans mon compte rendu, mon commandant.

— Bien.

— Et Tiger 17 ?

— Il a pris la sûreté rapprochée et les axes de renforcement. Je crois pas qu'il ait tiré, mais je l'ai pas encore croisé.

— Bien. »

Il hésita un instant.

« Le blessé, mon commandant, est-ce que vous savez si…

— Un sergent. J'ai plus son nom en tête. Un jeune. Il a fait une hémorragie pendant l'évacuation.

— Et la cérémonie ?

— Demain, sur leur base. Mais pas question d'y aller, on est pris sur un autre truc ailleurs. »

Il était déçu. Le commandant s'en aperçut.

« Le doc a autorisé la mise en place d'une chapelle ardente pour la soirée. Des mecs du bataillon logistique vont veiller le corps. Tu peux y aller, si tu veux. On briefe pas avant demain matin, sept heures. En revanche, il me faut ton compte rendu avant de te coucher ce soir.

— Reçu, mon commandant. Vous l'aurez.

— Allez, fous-moi le camp. »

Il reprit ses équipements sur la table et se dirigea vers la porte.

« Encore un truc…

— Mon commandant ?

— Te monte pas trop la tête avec ça. Tu leur as sans doute sauvé la mise en détruisant les renforts. Pas de tir fratricide, pas d'autre bilan ami, vu la situation, on s'en sort bien.

— Je sais, mon commandant.

— Je sais aussi que ça t'aidera pas à dormir. Mais t'as fait ton boulot. C'est bien. »

Il hocha la tête et sortit.

Il arriva derrière l'infirmerie, aperçut la tente où la chapelle ardente avait été montée. Devant l'entrée, quelques soldats qui avaient revêtu un treillis propre passaient un coup de chiffon sur leurs chaussures. Par l'abattant entrouvert, il devinait la lumière di use des bougies. Un peu plus loin, deux infirmiers fumaient une cigarette adossés au mur du bâtiment, profitant des derniers rayons du soleil qui descendait vers l'horizon. Il allait encore faire froid, cette nuit. L'un des infirmiers, qui semblait épuisé, lui fit un signe de la main en le voyant passer. Il y répondit et s'approcha de la tente. Un médecin en sortit, l'œil rouge. Capitaine, comme lui. Ils s'étaient croisés plusieurs fois depuis le début de la mission, à l'ordinaire ou à la salle de musculation.

« Salut, doc. »

Le médecin serra la main qu'il lui tendait. Il remarqua des traces brunes autour de ses ongles. Il se demanda si c'était le sang de son blessé, celui qu'il n'avait pas pu sauver.

« Salut.

— La chapelle ardente va rester combien de temps ?

— Pas longtemps, disons le temps du dîner, parce qu'après il faut qu'on conditionne le corps pour son trajet retour.

— On sait ce qu'il s'est passé ?

— Il était mort à l'arrivée. On a rien pu faire. L'équipe de l'hélico a essayé de le maintenir pendant le vol mais il avait perdu trop de sang. La… la fémorale.

— Moche.

— Moche, oui. Tu le connaissais ?

— Non. Mais j'étais en appui au-dessus quand ça s'est passé. »

D'une main tremblante, le doc sortit une cigarette et lui tendit son paquet. Il refusa.

« On s'habitue pas, hein ? » C'était la première mission du médecin. Il lui sourit tristement.

« Non.

— Fait chier.

— Comme tu dis. »

Le doc s'éloigna pour rejoindre le bâtiment de l'infirmerie.

Il entra dans la tente. Sur le brancard, en face de lui, le corps du sergent était allongé, recouvert d'un drap blanc jusqu'aux épaules. Deux bougies se consumaient lentement de part et d'autre du brancard, posées à même des tables de campagne. Figés dans un garde-à-vous impeccable, deux soldats se tenaient près d'un drapeau français tendu derrière les tables. Il s'approcha et se pencha vers le visage du mort. L'un des deux soldats chuchota à son intention, sans bouger.

« Mon capitaine…

— Fous-moi la paix, camarade », répondit-il tout doucement.

Le teint du sergent était pâle, mais en dehors de ça, il aurait tout aussi bien pu dormir. Jeune, en effet, plutôt beau mec. Saloperie. Il se mordit les lèvres, sentit la boule tristement familière réapparaître au fond de son estomac. Chaque fois, le même sentiment. Il avait appris à gérer les montées d'adrénaline des missions, le côté chirurgical de son métier, et la descente brutale, au retour, qui le gardait parfois éveillé pendant des heures quand il avait dû ouvrir le feu ou qu'il avait la certitude d'avoir tué quelqu'un depuis son gros insecte de métal. Et il y avait la mort, au retour, le visage d'un gamin qui dort, paupières baissées sur des yeux qui ne verront plus rien. Il repensa au doc, à ses yeux rouges. Peut-être son premier mort au combat. Non, on ne s'habitue pas, doc.

Une tristesse sourde vint lui agripper la gorge. Il se redressa brusquement, fit demi-tour et sortit de la tente d'un pas rapide. Le soleil se couchait enfin sur la plaine, derrière les murs de la base. Il s'arrêta un instant pour souffler, attendit que sa nausée passe. Il regretta d'avoir refusé la cigarette que lui offrait le doc, regarda autour de lui pour voir s'il pouvait en piquer une à quelqu'un. Il aperçut une poignée de soldats se diriger vers la grande tente de l'ordinaire, comprit qu'il était l'heure de dîner, et décida qu'il n'avait pas faim. Il rejoignit le bâtiment pour aller taper son compte rendu de mission.

16

Ici

Le lendemain matin, ils se retrouvèrent tous les quatre à la gendarmerie pour signaler la disparition de Lulu. Le lieutenant rendit compte ensuite au capitaine, qui leur répondit qu'il attendait tout le monde au boulot dès lundi pour préparer le départ de la compagnie en manœuvres. Dans la voiture de Marouane qui l'emmenait à la gare pour rentrer chez lui, Stéphane essaya d'appeler Aurélie. Elle ne décrocha pas.

La routine reprit ses droits. Il ne s'était rien passé de notable en leur absence, ni au travail, ni à la maison. Charlier retrouva la section avant que la compagnie se mette en route vers le camp d'entraînement au milieu des plaines de Champagne. Romain désigna Dauphel, son caporal le plus ancien, pour remplacer Lulu comme adjoint. Aux questions des gars, il se contenta de réponses laconiques – personne ne savait rien, ils n'avaient rien trouvé, la vie continuait et la mission aussi. Lulu fut signalé déserteur quelques jours plus tard, un acte administratif qui ne déclencha pas davantage de recherches que celles, timides, du petit détachement de gendarmerie de leur ville de garnison. Il y avait bien assez de disparus. Il se passerait ce qui se passait chaque fois : l'administration suspendrait le versement de la solde, puis, au bout de quelques semaines, Lulu serait rayé des effectifs du régiment. Six mois ou un an plus tard, il serait convoqué au tribunal et condamné à une sanction plus symbolique qu'autre chose. Enfin, s'il était retrouvé d'ici là.

Ce fut une bonne manœuvre. L'entraînement intensif auquel la section avait été soumise ces derniers mois commençait à porter ses fruits. Et les gars s'étaient habitués au lieutenant. Il n'était pas si mal, après tout. Même le capitaine Bourguet, qui n'était pourtant réputé ni pour sa patience ni pour son indulgence, l'engueulait moins. En définitive, il suffisait d'une ou deux bonnes journées, d'une petite inversion de la courbe, pour faire basculer les impressions. Comme au combat.

Les séjours en camp de manœuvre ont aussi leur routine, leur rythme, la persistance des réflexes acquis que l'on retrouve dans les gestes répétés sous la pluie glaciale de décembre. Les soldats, silhouettes épaissies par les couches de vêtements chauds, masse compacte, corps vivant, rejouaient les mouvements appris, le tir de combat, les ateliers de secourisme pour évacuer un blessé sous le feu, le stabiliser et demander son évacuation. Ils s'entraînaient. La chorégraphie d'un assaut, l'embarquement dans les blindés, les gouttes de pluie sur les cartes plastifiées. Les manœuvres, en véhicule et à pied, pour reconnaître une route, un carrefour, un village, s'emparer d'un point, tendre une embuscade, réagir à une embuscade, défendre une ligne, reprendre l'initiative, évacuer une position, ouvrir la route, creuser des trous, les reboucher. Et puis le débriefing le soir, où les chefs de section repassent les actions de la journée, vous avez fait ça, vous avez raté ci, la salle chauffée, les paupières lourdes et les joues qui brûlent, on regarde d'un coin de l'œil le capitaine auquel l'analyste dit que sa manœuvre n'était pas terrible et qui serre les dents, un des lieutenants passe rapidement aux toilettes se laver les mains sous l'eau chaude avant de repartir, la sensation d'un luxe extraordinaire et volé, l'odeur puissante du propre dans les narines terreuses, asséchées par le vent. Et puis rejoindre les gars, s'enterrer pour la nuit dans une lisière de bois pour y dormir trois courtes heures, tassés à l'arrière des blindés pour s'y tenir plus chaud, espérant échapper au harcèlement de la force adverse et n'y échappant jamais, et puis recommencer le lendemain, l'aube sale, nouvelle mission, cette fois avec de la population à gérer, un émissaire de village à rencontrer, de faux journalistes à éconduire ou auxquels il faut répondre, parfois en anglais, le renseignement qui arrive, on annonce un kamikaze dans tel village, on annonce un chef insurgé dans tel village, attaque chimique, masque à gaz, la buée sur les visières de plastique. Et toujours la pluie, la boue, le froid, la ration que l'on avale en vitesse entre deux ordres balancés à la radio par la voix fatiguée du capitaine, le mec évacué pour avoir sauté sur une mine simulée et qui, tout sourire, enlève son casque et exagère sa claudication jusqu'au camion que l'adjudant de compagnie a transformé en ambulance, en se réjouissant de pouvoir passer une heure ou deux à l'abri de la pluie, peut-être même se faire offrir un café. La routine, la vieille routine, la saloperie de routine indispensable des camps contre laquelle viennent s'épuiser des régiments entiers, à répéter les mêmes gestes, apprendre des mêmes erreurs, mettant une brique par-dessus l'autre pour se construire quelques certitudes avant de partir pour une zone de guerre.

Marouane claironnait que c'était son septième passage et que, même en décembre, c'était toujours mieux que d'aller patrouiller huit semaines dans les couloirs de Châtelet-Les Halles. Charlier pensait qu'à Paris au moins il aurait pu passer un peu de temps avec Élise. Et puis il regardait les visages crasseux de sa section, souriait à un de ses soldats qui avait mal choisi son emplacement pour se jeter au sol à l'annonce d'un tir d'artillerie et qui, trempé, cherchait désespérément un pantalon de rechange, « mec je vais pas te filer mon falzar t'es fou », il écoutait le crachotement de la radio, la turbine assourdissante d'un char Leclerc qui passait non loin, levait la tête vers un ciel gris comme de l'acier, sentait la morsure froide de la pluie, et finissait par se dire que lui aussi était bien là à sa place. Heureux presque, si tant est que cela veuille dire quelque chose.

Après l'exercice final, ils retrouvèrent leurs tentes pour une dernière nuit avant de rentrer vers la garnison. Les soldats se pressèrent pour nettoyer le matériel, le charger dans les caisses, et firent ce qu'ils pouvaient pour reprendre une apparence humaine après plusieurs jours passés dans la boue du camp. Il ne pleuvait plus. Les téléphones, accrochés en grappes sur les rares multiprises à l'intérieur des tentes, attendaient quelques onces d'énergie pour reprendre la communication avec le monde réel, renvoyer leurs filins vers les copines ou les mamans, le temps de recevoir une photo, un mot gentil. Charlier finissait d'huiler son arme. Il s'apprêtait à aller prendre une douche, lui aussi, enfin, malgré les avertissements de Marouane et Romain qui en étaient revenus grelottants parce qu'il n'y avait déjà plus d'eau chaude, lorsqu'un des radios du capitaine vint le chercher pour prendre les ordres du lendemain.

Il rejoignit les autres chefs de section sous la tente du vieux. Au milieu de la table de campagne, le cahier d'ordres de la compagnie était ouvert sur deux pages couvertes d'une écriture fine détaillant la mécanique complexe du retour. Dans un coin, en bas, le capitaine avait apposé sa signature. Charlier était très impressionné par les signatures, celles de ses chefs surtout, qui avaient toujours un tracé autoritaire, une allure élégante et ferme, ministérielle. La sienne, en comparaison, faisait gribouillis de collégien qui imite la signature du père sur le carnet de correspondance. Une fois les ordres reçus, il retrouva sa tente, fermement décidé à prendre une douche, et tant pis si elle était froide. Sur la table, Marouane lui avait laissé un mot, griffonné à la hâte sur la page d'un carnet : « On est allé boire un coup à la popote avec les gars, rejoigner nous quand vous pourez mon lieutenant. Tout le matos est prêt pour demain. » Il sourit et alluma son téléphone, dont la batterie avait enfin fini de charger.

Élise lui demandait de confirmer qu'il serait bien à Paris ce week-end. Et Stéphane prenait des nouvelles : « Rien de mon côté. Et vous ? »

Il répondit rapidement à l'un et l'autre, sa bonne humeur soudain évanouie. Rien non plus de leur côté.

17

Ici

Pour la énième fois, Stéphane se faufila vers le rez-de-chaussée de la maison endormie, son carton à chaussures sous le bras. Lui aussi avait repris le travail, après avoir raconté leur déconvenue à Mathilde et conclu que « la vie continue pour tout le monde ». Il ne dormait pas mieux depuis ces quelques jours passés à la recherche de Lulu, mais il avait arrêté de courir après ses fantômes. À la place, il venait chaque nuit s'asseoir dans la cuisine où, sous la lumière crue qui rebondissait sur les carreaux blancs des murs, il recherchait dans la pile de carnets cet indice qui l'aurait mis sur la voie.

Il avait tout de même appris quelques bricoles pendant ces deux semaines sans nouvelles du lieutenant et des autres. La mémoire de Lulu était emplie de recoins, peuplée par sa curieuse obsession pour les détails que l'on retrouvait dans les entrées contemplatives de son journal. Stéphane avait reconnu, de loin en loin, des visages et des épisodes familiers, des joies simples mais évocatrices, des frustrations qu'il avait partagées aussi. Mais si ces phrases que jetait Lulu sur les pages de ses carnets une fois par semaine lors de chaque opération extérieure depuis vingt ans expliquaient bien des choses sur le personnage, elles n'éclairaient pas les raisons de sa fuite. Hormis le fait qu'il s'agissait bien d'une fuite, Stéphane en était désormais persuadé.

Les gendarmes n'avaient rien trouvé non plus et ne semblaient pas rongés par l'inquiétude. Pendant une semaine, Stéphane avait appelé tous les jours pour prendre des nouvelles, jusqu'à ce qu'un lieutenant finisse par lui dire avec une honnêteté brutale qu'il n'y aurait pas de battue, pas d'hélicoptère, pas d'avis de recherche au journal télévisé. Que plusieurs centaines de personnes disparaissaient sans explication chaque année en France, et qu'il y avait parfois d'autres priorités que de retrouver chaque fugueur en quête d'un nouveau départ, surtout quand le fugueur en question était un adulte sans histoire de quarante ans, soldat professionnel et en pleine possession de ses moyens. La prise de conscience de sa naïveté, plus encore que le ton condescendant du gendarme, avait empli Stéphane de fureur. Il avait serré les dents et remercié d'une voix blanche avant de raccrocher. Il avait ensuite passé la journée dans une humeur si sombre que même Mathilde avait fini par lui dire qu'elle n'était pas responsable de la situation et qu'il n'avait pas à passer ses nerfs sur elle ou sur les enfants.

Il avait continué à chercher, seul. Bien sûr, parmi les clés possibles de cette histoire, il avait pensé à la mort de Junior et il s'était longuement attardé sur le dernier carnet. Lulu n'avait plus été le même après, mais ç'avait été le cas pour tout le monde dans la section, Stéphane inclus. Sur le coup, ils avaient fait front et serré les rangs, ils avaient rassuré le capitaine et les autres sur leur solidité individuelle et collective. La mission avait continué.

Le capitaine avait dit et redit à Stéphane que ce n'était pas de sa faute, comme lui-même avait dû l'entendre de la bouche du colonel, comme il l'avait répété ensuite aux gars de la section. Et pourtant, à la fin de la mission, Lulu lui avait confié qu'il se sentait coupable. Qu'il aurait dû marquer la position un peu plus loin, qu'ils n'auraient pas dû lancer ce fumigène et tant pis pour l'appui des hélicos, qu'il n'avait pas protégé le sergent, le genre de trucs absurdes qu'on peut se dire pour donner du sens à ce qui n'en avait pas et ne pouvait pas en avoir. Stéphane lui avait répondu qu'il savait et qu'il comprenait, mais qu'ils n'avaient pas vraiment eu le choix. Sans l'appui des hélicoptères, ils n'auraient pas pu contraindre les insurgés à relâcher la pression. Ils auraient continué à tirer jusqu'à ce que leurs munitions s'épuisent, jusqu'à ce que quelqu'un renonce ou qu'un autre gars soit touché. Après, Dieu seul savait ce qui aurait pu se passer – plus les balles sont nombreuses, plus les probabilités s'emballent. Il y avait toujours une raison de se sentir responsable. C'était aussi un moyen de faire le deuil. La vérité n'était jamais simple, mais elle était toujours triste.

Rien de cela ne transparaissait dans les carnets de Lulu. Il avait écrit un hommage sobre et maladroit à Junior dans les jours suivant sa mort, « un bon chef, un frère d'armes, un ami » qui « lui manquera ». Pas de réflexions sur le pourquoi, le comment, l'après. Juste la vie qui reprend : repartir en patrouille, aller sur le terrain, surveiller les gars. Le sommeil de Dauphel qui s'apaise un peu plus chaque soir. Le silence plus lourd, la nuit plus sombre, et d'autres choses qu'on ne pouvait que deviner.

Stéphane se sentait plus proche de Lulu maintenant qu'il avait lu ses carnets, comme si cette intrusion dans son intimité avait été une confidence, de celles qu'échangent les meilleurs amis à l'adolescence, le souffle court dans un aveu que l'on regrette sitôt prononcé, quand tout le monde est couché. Ce n'était pas ce qu'il disait qui émouvait Stéphane, mais ce qu'il taisait. Même seul face à une page blanche, Lulu conservait une retenue, une méfiance à s'ouvrir au monde, une volonté de ne pas tout révéler. La même pudeur que celle tant reprochée par Mathilde, et qu'il finissait enfin par comprendre par l'intermédiaire des carnets de son vieil ami.

Ce qu'il comprenait, pourtant, ne l'avançait pas plus. Alors il se replongeait dans les autres carnets, ceux du travail, ceux des tâches quotidiennes, et traquait l'indice au milieu des listes, des noms, des horaires, des dates de perception d'armement, de la recopie hâtive des ordres, des bribes notées au hasard d'une sortie sur le terrain ou d'une réunion. C'était une lecture fastidieuse : aucune mention personnelle, aucune poésie, aucune information autre que le lent défilé des jours et des semaines. De temps en temps, une citation ou un truc marrant entendu à la popote, une parenthèse de légèreté dans les impératifs du service. Stéphane redoutait le moment où il en arriverait à la conclusion qu'il n'y avait définitivement rien à en tirer et qu'il devait renoncer pour de bon. Il redoutait le moment où il lui faudrait retourner courir jusqu'à l'étourdissement pour réussir à trouver le sommeil. Il redoutait de laisser Lulu rejoindre la cohorte des fantômes qu'il pourchassait dans ses insomnies. Par-dessus tout, il redoutait le regard de Mathilde, le regard triste qu'ont parfois les femmes de devoir quand les hommes se montrent trop petits et trop peu capables.

Il reprit le dernier carnet, celui de la dernière mission et des mois qui avaient suivi. Il passa sur les ordres de détail pour sa propre cérémonie d'adieu aux armes. Sur les horaires d'entretien individuel dans le bureau du nouveau lieutenant, Charlier, en septembre. Sur d'autres détails mineurs. Soudain, une phrase attira son regard. Écrite d'une autre couleur sur une page plus ancienne, comme s'il était revenu en arrière pour l'inscrire dans une marge.

C'est de ma faute. Il faudra leur dire ~~un jour~~.

Stéphane relut, interloqué. Les derniers mots avaient été rayés d'un simple trait, sans conviction. Il regarda sa montre : quatre heures et demie du matin. Il prit son téléphone, le reposa doucement sur la table. Trop tôt. Tant pis pour lui et ce qu'il restait de sa nuit. Il tira vers lui le bloc-notes dans lequel il notait ses réflexions et commença à écrire.

18

Ici

Les rues de Paris étaient encore désertes. C'était ce moment de répit, presque silencieux, entre l'heure où les véhicules de nettoyage urbain regagnent leur hangar et celle où sortent les premiers coureurs pour aller peupler les allées des parcs. L'heure des promeneurs de chiens, des derniers fêtards, des levers de rideau métallique dans les boulangeries, de l'écho des pas sur le bitume encore humide. L'air froid et sec laissait deviner un début de soleil qui peinait à s'élever au-dessus des toits.

Charlier connaissait bien le quartier, il était venu des dizaines de fois, mais à chacun de ses retours il se sentait un peu plus décalé face au spectacle familier du dimanche matin. Depuis son exil dans une province assoupie à l'écart des grands axes routiers, l'une de ces villes moyennes et périphériques dont on parle tout le temps mais dont on se fout, il commençait à trouver Paris bruyant, effréné et prétentieux.

La veille, Élise était venue l'accueillir à la gare. Ils ne s'étaient pas vus depuis un mois, elle avait voulu marquer le coup. Ils étaient allés voir une exposition, avaient dîné dans un petit restaurant non loin de chez elle dans lequel ils avaient leurs habitudes, étaient rentrés, avaient fait l'amour. C'était très bien ces retrouvailles, un scénario ficelé, déroulant comme il faut les étapes d'une routine confortable, parce que tout ne devrait pas toujours être compliqué. Ils s'efforçaient de garder leur couple sur des rails qui filaient avec la même certitude tranquille que son trajet du dimanche pour aller acheter les croissants. Élise était sa première vraie histoire, de celles avec lesquelles on fait des projets, de celles que l'on épouse, de celles avec qui on fait des enfants.

Ils étaient ensemble depuis trois ans. Ils s'étaient rencontrés chez des amis communs alors que tous deux se trouvaient à un carrefour de leur jeune vie. C'était une aubaine, au fond, le coup du destin que certains attendent parfois toute une vie sans qu'il se présente jamais. Lui, vingt et un ans, commençait à se demander s'il avait vraiment envie et besoin de finir ce master qui l'ennuyait. Elle était en école de commerce et manifestait déjà un mépris souverain et superbe pour tout ce qui l'entourait, en particulier l'univers auquel ses études la préparaient. Elle était plus grande que lui, plus extravertie que lui, un peu plus âgée que lui, et bien qu'il ne fût pas désagréable à regarder, plus belle que lui. Ils avaient succombé à l'attirance réciproque des délurées pour les taiseux. Un classique.

Quelques mois plus tard, il avait décidé de s'engager dans l'armée et elle avait obtenu son diplôme, renonçant à plusieurs postes dans de grandes boîtes prestigieuses qu'elle jugeait sans âme pour aller travailler dans l'événementiel. Dans les médias et sur Internet, on parlait tout le temps du bien-être au travail, on empilait les enquêtes sur l'ennui et la désaffection des jeunes diplômés qui avaient tout mais ne se satisfaisaient de rien. Élise se consacrait donc à l'organisation de congrès, salons, afterworks et autres avant-premières, sans y trouver davantage de sens que celui du salaire confortable qu'elle recevait à la fin du mois. Pour le reste, elle essayait d'écrire, voulait peindre et voyager, photographiait des flaques d'eau et des passants absorbés en noir et blanc avec son téléphone. Elle était de ces gens que l'on dit bien dans leur époque, gagnants de la mondialisation, en quête de bonheur, une consommatrice éclairée, une cible, l'incarnation d'une fuite.

Charlier avait changé de décor et découvert un monde singulier qui consternait ses parents et ses amis, quand bien même ils n'osaient rien lui dire. Pourtant, entre les quatre murs de son petit appartement, dans sa ville de garnison myope et détrempée sans interruption d'octobre à mai, au contact des grands brûlés de l'existence qui peuplaient sa section, il avait trouvé quelque chose de fondamental, une corde qui vibre. Sans le formuler à voix haute ni même se l'avouer, il se sentait plus sage, et étrangement fier.

Avec Élise, ils envisageaient de se marier depuis l'été précédent, mais aucune annonce officielle n'avait été faite auprès de leurs familles ni de leurs amis. Il lui avait proposé de venir s'installer avec lui, sans conviction et sans grand espoir, mais le refus net qu'elle lui avait opposé l'avait blessé. Depuis, ils vivaient à distance, échangeant des messages quotidiennement et s'appelant lorsqu'ils le pouvaient. Charlier faisait le trajet jusqu'à Paris dès que son emploi du temps lui laissait un week-end de libre. Ils évitaient de se demander combien de temps cet arrangement pourrait durer.

Au début, il avait essayé de lui raconter le commandement des hommes et les mécaniques complexes en jeu dans la vie quotidienne d'une unité d'infanterie. Elle écoutait patiemment, puis lui racontait les rencontres qu'elle faisait, les starlettes ambitieuses qui peuplaient les coulisses de tel ou tel événement branché, les vernissages, les expositions, les rédacteurs en chef de sites à la mode qui lui prenaient ses chroniques *lifestyle* pour une poignée d'euros et tentaient parfois de lui tripoter les fesses. Après quelques mois, elle comme lui ne faisaient guère plus que le strict minimum pour s'intéresser à ce que vivait l'autre. Ils s'en accommodaient, cochaient les cases de la conversation avant de se réfugier dans une activité où ils n'auraient pas à se confronter à la distance qui grandissait entre eux : une séance de cinéma, une visite au musée, un pique-nique avec des amis, une partie de jambes en l'air.

On lui avait annoncé quelques semaines après son arrivée que la compagnie partirait en mission au printemps suivant. Il l'avait dit à Élise. L'annonce l'avait un peu remuée, et l'espace de quelques jours, il avait retrouvé en elle une gravité, une envie de comprendre. Puis il était reparti et le moment était passé. Ce week-end, ils devaient se parler pour de bon, se dit-il en poussant la porte de la boulangerie.

Lorsqu'il revint quelques minutes plus tard, Élise était en train de se lever avec sa chorégraphie de gestes lents et gracieux, comme une danseuse classique affinant un mouvement mille fois répété. Ils prirent leur petit déjeuner en s'interrogeant sur ce qu'ils pourraient faire de leur journée. Une balade dans le quartier ? Une terrasse si la météo se maintenait ? Il n'osa pas lui dire qu'il aurait surtout voulu passer la journée au lit à discuter, à s'engueuler même. Ou alors, au contraire, loin de la ville, sautant dans une voiture pour aller se perdre dans un champ ou sur la berge d'une rivière où ils observeraient le givre se changer en lumière, l'air vibrer sous le soleil. Vivre un peu loin des murs jaunâtres de la caserne et des responsabilités qui allaient avec.

Son téléphone vibra, depuis la table de chevet dans la petite chambre. Il s'excusa. C'était Stéphane.

« Mon adjudant, comment ça va ?

— …

— Non, non, vous ne me dérangez pas. Je suis à Paris. Je repars demain, le capitaine nous a donné notre lundi.

— …

— Ah. C'est intéressant, oui.

— …

— Je sais pas trop, mon adjudant. Je suis pas sûr que le capitaine nous laissera faire.

— …

— C'est loin ?

— …

— Quand même, oui. Bon… Je vais appeler Guerrouj.

— …

— Je sais, je sais, mais je crois que ce serait bien que je sois là aussi.

— … »

Charlier regarda Élise. Elle avait les yeux rivés sur son téléphone.

« Je vais me débrouiller, mon adjudant. Je vous rappelle dans l'après-midi.

— …

— Ne vous inquiétez pas. On va essayer, après tout, qu'est-ce qu'on a à perdre ?

— …

— C'est ça, à tout à l'heure. »

Il raccrocha et reposa son téléphone sur la table. Élise leva un œil interrogateur vers lui. Son sourire s'était figé sur son visage, glacial.

« Ils peuvent pas se passer de toi, hein ? »

Charlier soupira, conscient de ce qui s'annonçait. Il aurait pu dire non à Stéphane. Il aurait pu accepter que Lulu s'évanouisse dans la nature, laisser à ses proches la charge d'aller le chercher. Il y avait des déserteurs chaque semaine. Pourquoi se gâcher la vie et l'un de ses rares week-ends pour cette histoire ? Il en avait fait assez, non ? Il répondit, résigné.

« Tu te souviens de mon gars qui s'est volatilisé ?

— Hmm hmm.

— On… on a peut-être une piste sérieuse. C'est compliqué à expliquer, et tu t'en fous sûrement, mais… Je vais devoir y aller. »

Le visage d'Élise ne trahissait pas la moindre émotion.

« Quand ?

— Maintenant, enfin, dans pas longtemps.

— Et ils ont besoin de toi ? Ils peuvent pas se débrouiller tout seuls ? Ou appeler les flics ?

— Je crois que c'est mieux si je suis avec eux. »

Le sourire figé devint amer.

« Tu crois que c'est mieux. Ben écoute, Maxime, je suis pas ta mère, tu fais ce que tu dois faire.

— Je suis désolé, vraiment. Je… J'essaierai de revenir le week-end prochain.

— Oh, génial ! Et tu viendras pour le week-end ou juste le temps de me baiser et de repartir ?

— T'es sérieuse, Élise ?

— Très sérieuse. »

Charlier la regarda, interdit.

« C'est pas juste, ce que tu dis.

— Parce que tu crois que c'est juste, tes histoires ? Tu crois que j'en ai pas marre qu'on se voie toutes les trois semaines ? Tu crois que j'en ai pas marre de vivre avec des messages ? Merde, j'ai pris mon lundi pour qu'on puisse passer un peu de temps ensemble et tu me plantes avec les croissants, douze heures après ton arrivée ? »

Charlier savait qu'elle ne lâcherait pas. Il baissa les yeux, vaincu.

« Je vais y aller. C'est pas le moment d'avoir cette conversation.

— C'est ça ! Eh ben casse-toi. Et réfléchis bien. Je t'aime Maxime, mais si je dois devenir un plan cul, tu peux économiser le billet de train. »

Charlier fut traversé par un éclair de colère. Il serra les dents, se leva précipitamment et ramassa ses affaires dispersées au pied du lit en marmonnant quelque chose qu'elle n'entendit pas. Elle vint se placer dans l'encadrement de la porte.

« Qu'est-ce que t'as dit ? »

Charlier referma son sac et planta ses yeux dans les siens. Sa colère céda aussitôt la place à une infinie tristesse, mais il n'était plus question de faire marche arrière.

« Va te faire foutre. »

Sous le coup de la sidération, elle s'écarta pour le laisser passer. Il sortit de l'appartement et descendit les escaliers en trombe. Il avait encore le goût d'elle sur ses lèvres, voulut les mordre jusqu'au sang pour le chasser.

Ils pleuraient tous les deux.

19

Ici

Marouane était assis sur le canapé et tripotait son téléphone d'un air absent lorsque Nadia vint lui demander s'il avait faim. Lorsqu'il lui répondit qu'il pouvait s'en occuper et fit mine de se lever, elle lui intima de ne pas bouger. Il promit d'être sage, surpris lui-même en entendant ces mots sortir de sa bouche.

Tout ça n'était pas prévu. Marouane avait toujours été beau, les muscles sculptés au burin, la peau impeccable et le sourire éclatant. Il aimait séduire comme on conquiert, repérer une jolie fille dans un bar, l'approcher, lui parler, et tenter de repartir avec elle. Il s'accommodait des rares rebuffades, changeait de cible, causait vite, en confiance, ramenait chez lui ou chez elle, couchait, partait, ne rappelait jamais. Pas de trophée, pas de photos, rien que l'excitation de la chasse qui tendait ses muscles. Une fois ou deux, il avait pu avoir un moment de faiblesse. S'était dit qu'il faudrait se ranger, avait tenté de démarrer une histoire, mais il n'avait jamais tenu plus d'une semaine.

Il ne voulait pas d'attaches, et la haine tenace qu'il vouait à son père suffisait à le dissuader de tout désir d'avoir un jour des enfants.

Quelque chose avait changé après le retour de la dernière mission. Il s'était laissé séduire par Nadia, une petite brune, sergent-chef comme lui, qui bossait à l'infirmerie du régiment et qu'il n'avait jamais vraiment regardée, lui qui s'interdisait de coucher avec des militaires. Trop d'emmerdes potentielles. On courait toujours le risque d'un copain délaissé qui débarque, furibard, de l'autre bout de la France, avec le fusil de chasse du paternel. Et puis il y avait eu ce barbecue de fin d'été organisé chez des copains, où elle était venue le draguer, au culot, avec une façon de le regarder droit dans les yeux qui l'avait interloqué, voire terriblement excité. Il s'était laissé faire. C'était, quoi, trois mois plus tôt.

Il était dans cet entre-deux fugace où il n'était pas encore prêt à admettre qu'il était déjà pris au piège. Il allait bientôt partir en mission, elle l'attendrait. Il ferait semblant de s'en foutre, mais au retour c'est elle qu'il appellerait en premier. Bientôt, elle l'emmènerait faire les vide-greniers, il accrocherait des cadres, rafraîchirait la peinture de la chambre de cet appartement juste un petit peu trop petit, ils chercheraient mieux ailleurs, avec un bout de jardin peut-être. Tout était écrit, au moins jusqu'au moment où il se retrouverait, pinceau à la main, accroupi dans un garage en train de vernir un berceau en bois. Les petits engrenages de la vie qu'il découvrait, naïf, pour la première fois. Pas Nadia. Elle souriait, confiante.

Elle l'appela depuis la cuisine, où il la rejoignit. Elle fronça les sourcils en le voyant.

« T'es gentil, mais tu t'habilles avant de venir déjeuner. C'est une maison sérieuse, ici. »

Marouane feignit une moue boudeuse et donna un coup de bassin évocateur dans sa direction, puis il battit en retraite avant qu'elle ait le temps de réagir. Ils mangèrent en parlant de rien. Marouane profitait de l'instant, il aurait pu se dire amoureux, mais ce genre de concept n'avait pas grand sens pour lui. L'amour, c'était bon pour les autres, pour les films.

Après le déjeuner, alors qu'ils étaient sortis fumer une cigarette dans la cour de l'immeuble, il reçut un message du lieutenant : « Chef, faudrait qu'on se retrouve chez l'ADJ Humbert, on a peut-être une piste pour Lulu. »

Marouane : « Quelle piste ? »

Charlier : « Junior. »

« OK. Jamène Treg aussi. Quand ? »

« Cet après-midi. J'y serai vers 16 heures. »

Marouane regarda sa montre : midi et demi. « Reçu mon LTN à toute. »

Il se tourna vers Nadia, ennuyé. Elle avait déjà compris.

« Tu dois partir, c'est ça ? Ton mec, là, Lulu ?

— Oui. »

Nadia lui caressa doucement la joue. « Fais ce que tu as à faire. Je vais en profiter pour ranger un peu ici. Tu reviens quand ?

— Je sais pas. Je te dirai. »

Marouane repensa au lieutenant dont il venait tacitement de reconnaître l'autorité. Il aurait pu inventer un empêchement, tenter d'esquiver les deux heures de route qui l'attendaient pour aller décortiquer un vague indice qui ne les mènerait sans doute nulle part. Mais il ne l'avait pas fait. Au fond, Marouane ne savait pas vraiment expliquer pourquoi retrouver Lulu était si important. Ce con avait fait son choix, après tout, il était déclaré déserteur, il reparaîtrait peut-être un jour ou l'autre, assumerait les conséquences qu'il y aurait à assumer avec sa famille, avec l'armée, avec la loi. On devrait s'en foutre, on aurait dû s'en foutre depuis le début. Et pourtant, il n'arrivait pas à dire au lieutenant ou à Stéphane de lâcher l'affaire. Il ressentait cet espoir di us qui continuait à le pousser vers l'avant, et il était sûr que les autres le ressentaient aussi. Peut-être qu'il y avait encore un truc à sauver. Peut-être que retrouver Lulu lui permettrait aussi de faire amende honorable pour toutes les fois où il avait laissé tomber quelqu'un. Peut-être qu'il avait des choses à régler lui aussi. Peut-être aussi qu'il avait besoin de se remettre en confiance avant la prochaine mission. Il lui restait peu de temps.

Il soupira en écrasant sa cigarette sous son talon et suivit Nadia vers la chaleur rassurante de l'appartement. L'air sentait la neige. Elle accrocha son manteau au clou et fit volte-face vers lui, les poings posés sur les hanches. Elle était belle, et Marouane n'était pas sûr de la mériter.

« Tu dois partir dans combien de temps ?

— Une heure, une heure et demie. J'ai deux heures de route, et faut que j'aille déterrer Trègue de sa caverne d'abord.

— On a encore tout le temps. »

Elle lui prit la main et le tira doucement vers elle. Marouane, docile, se laissa faire.

20

Ici

C'est de ma faute. Il faudra leur dire ~~un jour~~.

Stéphane avait relu ces mots de Lulu jusqu'à ce qu'ils se gravent sur sa rétine. Il était convaincu désormais que la mort de Junior était la clé, que tout partait de là. Et c'est ce qu'il dit à Trègue, Marouane et Charlier à leur arrivée. Ce qu'il ne leur dit pas en revanche, c'est à quel point ces mots avaient réveillé en lui une culpabilité brûlante : cette phrase jetait une lumière d'évidence sur quelque chose qu'il savait déjà, bien sûr, mais qu'il refusait d'admettre. C'était tout à coup très clair. Lulu avait mis quelques mois à y parvenir, mais il avait fini par formuler son deuil et sa culpabilité d'un trait de plume sec comme un ordre, le même que celui des observations inattendues ou poétiques de ses carnets personnels. Cette phrase expliquait tout, et en cela elle accusait Stéphane aussi, sa vie rangée, sa fuite, le culot de son existence déchargée du poids de la mort de Junior. Elle sonnait comme une sentence.

Mais cela ne regardait que lui, et Lulu. Pour les trois autres, il y avait seulement cette nouvelle piste à explorer : il fallait aller rendre visite aux parents de Junior. Stéphane avait obtenu leurs coordonnées auprès du capitaine après les funérailles, des mois auparavant, sûrement par acquit de conscience ou s'imaginant aller un jour sur sa tombe. Ils vivaient dans un petit village de Bretagne, à près de sept heures de route. Stéphane ne les avait pas encore contactés, ne sachant ni comment s'y prendre ni ce qu'il pourrait leur dire.

Stéphane montra aux trois autres les notes qu'il avait prises, les pages qu'il avait marquées, reliant des éléments entre eux pour essayer de donner du sens à ce qui n'était, le plus souvent, qu'un écheveau d'idées sans suite ou une liste d'événements dénués d'intérêt. Marouane et Trègue se laissèrent convaincre, par inertie, par volonté d'en finir, par curiosité aussi. Charlier céda le dernier, redoutant la réaction du capitaine à présent qu'il n'était plus sa cible privilégiée. Stéphane acheva de le persuader : « Vous savez, mon lieutenant, un jour, un de mes chefs m'a dit que lorsqu'on se demande si on doit prévenir le patron, c'est qu'il est grand temps de prévenir le patron. »

Résigné, Charlier composa le numéro de téléphone. Au bout de cinq sonneries, l'annonce de la messagerie vocale lui fit pousser un soupir de soulagement. Il s'efforça de prendre une voix assurée : « Mes respects, mon capitaine, c'est Charlier. On a du nouveau concernant le caporal-chef Guyader. » Il décrivit rapidement la découverte et la lecture des carnets, et cette phrase énigmatique qui faisait forcément référence à la mort de son chef de groupe. Il conclut en demandant l'autorisation de creuser dans cette voie avec le chef Guerrouj et le sergent d'Entraygues. Le capitaine envoya un SMS quelques minutes plus tard : « 24 heures. Tt le monde de retour mercredi matin. » Charlier eut à peine le temps de le lire aux trois autres qu'un autre message arriva dans la foulée : « Si vous trouvez rien, je veux plus entendre parler de Guyader. Qu'il se démerde. On a fait ce qu'on a pu. » Le vieux avait raison. Ils convinrent de partir à l'aube, le lendemain matin.

Le capitaine n'avait jamais dit à personne que la mère de Junior l'avait appelé presque tous les jours pendant des semaines après leur retour, pour le remercier, l'accuser, le plaindre, l'envier, et parfois pleurer, sans bruit, pendant de longues minutes.

« Et s'ils ne sont pas là ? S'ils sont en vacances ou je sais pas où ? demanda Marouane.

— Alors on avisera, répondit Charlier. Ce sera peut-être le signe qu'il est temps d'arrêter. »

Stéphane hocha la tête. Romain ne dit rien.

Ils dînèrent avec Mathilde et les enfants, un repas au cours duquel ils parlèrent peu. Mathilde, qui désapprouvait visiblement cette nouvelle expédition dans des souvenirs qu'on aurait mieux fait de ne pas aller remuer, était sombre.

Après le dîner, ils s'installèrent au salon pendant que Mathilde couchait la petite. Ils en profitèrent pour régler les derniers détails logistiques. Quelques minutes plus tard, Mathilde redescendit et s'arrêta dans l'encadrement de la porte.

« Stéphane. Tu penses vraiment que ça vaut le coup d'aller emmerder ces pauvres gens ? Après tout ce qu'ils ont vécu ? »

Elle avait le regard dur, celui qui vous coince contre le mur. Nulle part où s'échapper.

« On peut pas négliger cette piste. C'est la seule qu'on ait.

— C'est surtout que vous ne voulez pas accepter que Lulu soit moins solide que ce que vous croyiez. »

Romain et Charlier baissèrent la tête.

« Faut qu'on retrouve Lulu, c'est tout. C'est un frère d'armes, merde », intervint Marouane.

Son ton agacé fit bondir Mathilde. Elle lui lança un œil venimeux, avant de rétorquer d'une voix blanche : « Parce que tu en as quelque chose à foutre de Lulu ? Toi ? Tu n'as pas été à deux doigts de te taper sa femme quand il était en mission, toi ? Son frère d'armes ? » Elle eut un ricanement de dégoût, tourna les talons et disparut dans la pénombre du couloir.

Stéphane était blême.

« C'est quoi cette histoire ?

— Il s'est rien passé, mon adjudant. Rien. J'vous jure. »

Marouane fixait le sol.

« Vous pouvez pas comprendre, mon adjudant. Vous pouvez pas comprendre. »

À l'étage, la petite se mit à pleurer.

21

Ici

Stéphane avait toujours aimé les cérémonies militaires, leurs rites sobres et chargés de sens. Il savait depuis quelques jours que celle-ci serait l'une de ses dernières. C'était un matin d'avril clair et lumineux. Le printemps arrivait enfin. Il sortit de son bureau, saluant au passage ses gars dans le couloir qui ajustaient les derniers détails de leur tenue. Les treillis étaient impeccables. Les médailles pendaient sur les poitrines. Dauphel, le chef d'équipe du groupe de Junior, celui qui avait été le plus affecté par la mort de son sergent, allait recevoir une nouvelle citation, une deuxième étoile de bronze à mettre sur le ruban rouge et blanc de sa croix de la Valeur militaire. C'était le premier décoré de la compagnie au retour de la dernière mission. Il n'avait pas encore quatre ans de service.

Le reste de la section attendait devant le bâtiment de la compagnie. Les gars fumaient en échangeant des vidéos sur leurs téléphones et riaient à gorge déployée.

Dans ce genre de moments, Stéphane retrouvait leurs attitudes adolescentes, leurs manières prétentieuses, un peu de leur insolence aussi. Mais il ne s'y trompait pas : le plus jeune pouvait avoir dix-huit ans à peine, il suffisait de sonder ses yeux un bref instant pour comprendre qu'il n'y avait plus rien d'enfantin en eux. Il interrompit ses réflexions et interrogea Trègue du regard pour lui demander un point de situation.

« On va aller percevoir l'armement, mon adjudant. Vous voulez que je prenne votre pétard pour vous ?

— Non, non, je vais venir aussi. J'ai le temps. »

La section passa par la cinématique usuelle des préparatifs de cérémonie avec un soin plus appuyé qu'à l'accoutumée. Le bataillon de marche constitué pour leur dernière mission, formé autour du noyau du régiment mais intégrant des renforts de dizaines d'autres unités, allait être officiellement dissous, marquant la fin de leur aventure commune, celle dont Junior et quatre autres soldats d'une autre compagnie n'étaient pas rentrés. Le chef d'état-major de l'armée de Terre et une poignée d'huiles avaient fait le déplacement. La compagnie se mit en place, sous les ordres du capitaine, en chantant. Stéphane se joignit au ton grave de la centaine d'hommes rangés par six derrière lui avec une émotion forte. Cela lui manquerait, mais il se sentait en paix avec sa décision. La nostalgie, il pouvait vivre avec.

La cérémonie fut brève. Le chef de corps, qui s'apprêtait aussi à quitter le commandement du régiment, passa les troupes en revue avec les généraux venus pour l'occasion. Les regards étaient droits, métalliques, les mâchoires serrées, les gestes précis. Dauphel et une dizaine d'autres reçurent leur médaille. Stéphane connaissait déjà cette histoire. Il perçut l'émotion dans la voix du colonel lisant l'ordre du jour, puis se laissa envelopper par le silence assourdissant lors de la sonnerie aux morts, clairon solitaire léger au-dessus du râle sourd des tambours. Le cérémonial militaire, sobre, la certitude réconfortante des mouvements d'ensemble. Il pensa à Junior. Tourna imperceptiblement la tête pour regarder dans les rangs. Pas un visage ne bougeait.

Après la cérémonie, on servit un repas sur les pelouses devant le bâtiment de l'ordinaire. Stéphane était avec Lulu et ses chefs de groupe, ils avaient retrouvé leurs copains de la section du génie et les artilleurs qui avaient passé la mission avec eux. Ils échangeaient des nouvelles en grignotant des cacahuètes trop salées servies dans des bols en plastique. Untel, blessé, allait mieux mais ne pourrait pas revenir en compagnie de combat. Untel avait quitté femme et enfants. Untel picolait trop et s'était fait envoyer en soins psychologiques par son commandant d'unité. Les autres, ma foi, allaient bien. Tu fais des cauchemars, toi ? Non, enfin, ça m'arrive. Ma femme me dit que je gigote dans mon sommeil. Moi, c'est les gosses mon témoin d'alerte, s'ils vont bien c'est que je vais bien. Ainsi de suite.

Stéphane sentit une main lui taper sur l'épaule. C'était le capitaine Bourguet. Il avait l'air emmerdé.

« Mon adjudant, il faut que je vous présente. »

Derrière lui, un couple âgé se tenait à distance. Stéphane comprit. Les parents de Junior.

Il tira Lulu par la manche, et le capitaine fit signe au couple de s'avancer.

« Je vous présente l'adjudant Humbert. C'était le chef de section de votre fils. Et voici le caporal-chef Guyader, qui était son adjoint. Ils étaient avec lui lors de l'attaque. »

Ils serrèrent les mains du couple. Stéphane se rendit compte qu'ils n'étaient pas aussi âgés que ce qu'il avait cru au premier abord. À peu de choses près, ils avaient le même âge. La mère avait un teint pâle, presque cireux. Elle les fixait d'un regard neutre. Le père était nerveux, la bouche tordue par un tic grimaçant, les tempes grises, les yeux cernés.

« Notre fils nous a beaucoup parlé de vous. De vous deux. Il aimait son travail, vous savez, il était fier. Et nous aussi, on était... On est fiers. »

Stéphane ne savait pas quoi répondre. Il finit par formuler les banalités que l'on dit dans ce genre de situations.

« Votre fils était un très bon soldat. Mon meilleur sergent. Je suis vraiment désolé.

— C'était un type bien, ajouta Lulu. Il nous manque à tous.

— Il est mort en faisant son travail, il avait choisi, il nous l'avait toujours dit. Merci d'avoir été là pour lui. »

Stéphane était perturbé par les regards de la mère, à la fois insistants et étrangement absents. Il lui offrit ce sourire crispé que l'on réserve aux malades. La voix du père était éraillée, par l'alcool, le tabac, le manque de sommeil. Presque un croassement.

« C'est important pour nous d'être ici. C'est ce qu'il aurait voulu. »

Lulu serra de nouveau la main du père.

« Nous ne l'oublierons pas, monsieur, je vous le promets.

— Merci, merci à vous. »

Le père fit un pas en arrière et le capitaine Bourguet tendit un bras prévenant vers eux.

« Je crois que le colonel aimerait vous saluer. »

Le capitaine adressa un clin d'œil discret à Stéphane pour le remercier. Ce dernier hocha la tête tandis que le trio s'éloignait.

« Je sais pas comment ils font, mon adjudant, dit Lulu, pensif. Si ça arrivait à mon gamin, je crois que je deviendrais fou. Je crois que je tuerais les responsables. Tous.

— Tu te sens responsable, Lulu ?

— Oui. Non. Je sais pas, mon adjudant.

— Allez, viens, j'ai besoin de boire un coup. »

22

Ici

Entre ses dents serrées, Stéphane laissa échapper un sifflement agressif.

« Dis-moi.

— Qu'est-ce que ça peut foutre, mon adjudant ? Qu'est-ce que ça changera ? Puisqu'il s'est rien passé, je vous dis. »

Stéphane passa ses mains sur son visage. Marouane serra les mâchoires.

« J'ai rien fait, mon adjudant. Rien. Je vous jure. »

Il secouait la tête. Il aurait pu avoir l'air d'un enfant boudeur sans l'intensité noire dans ses yeux.

« J'aurais jamais pu faire ça à Lulu. Je le respectais, Lulu, même si c'était pas un saint.

— Toi non plus.

— Ah mais je sais bien, mon adjudant, que je suis pas un saint, hein, que je suis qu'une racaille comme tous ceux de ma race.

— J'ai jamais dit ça et tu sais très bien que je l'ai jamais pensé non plus.

— Vous, non. »

Marouane baissa les yeux vers le sol.

« Mais y a pas que vous. »

Stéphane cherchait son regard, mais Marouane fixait un point invisible sur le carrelage du salon.

« Vous avez jamais su, vous, mais quand je suis arrivé à la compagnie, y avait deux ou trois mecs qui m'avaient dans le nez et qui me chauffaient. Sale bougnoule par-ci par-là, pas devant les autres, bien sûr, et toujours dans mon dos ou quand je sortais de la pièce. C'était l'adjudant d'unité avec d'autres sous-offs de la compagnie. »

Il arracha l'étiquette de sa bouteille de bière vide avec ses ongles, puis releva la tête et croisa le regard de Charlier. Il s'enhardit.

« Un jour, je rentrais dans la popote, et je les ai entendus se demander comment je faisais pour dormir la nuit pendant que mes frères, ils les appelaient mes frères, ces enculés, égorgeaient des gamins en Syrie. Lulu était avec eux. Il disait rien, il souriait juste. Peut-être qu'il était gêné, peut-être qu'il était pas d'accord. Mais il a rien dit, pas un mot. Que dalle. Et ils se marraient en mode "qu'est-ce que tu vas faire ?". Ben j'ai rien fait. Et Lulu non plus. Je suis ressorti. Il aurait pu me suivre, il aurait pu venir me voir, me dire qu'il était désolé, n'importe quoi. Le lendemain, les jours suivants, il a fait comme s'il ne s'était rien passé, "mes respects chef" le matin, "bonne soirée chef" en partant, "vous avez passé un bon week-end", un putain de cinoche. Enfoiré, va.

— Pourquoi tu m'as jamais rien dit ? »

La voix de Stéphane était douce, presque triste. Sa colère évanouie.

« Vous dire ? Mais vous dire quoi, mon adjudant ? Y en avait d'autres, des Arabes, dans la section, dans la compagnie, bordel, vous y avez passé vingt ans, vous savez bien ce qu'on entend dans les couloirs. Alors commencez pas à me dire que j'aurais dû en parler ou lui régler son compte à ce fils de pute d'adjudant, à lui et ses potes d'ailleurs. J'ai rien fait parce que je pouvais rien faire, j'étais le nouveau, il fallait que je passe chef, que je me tienne à carreau, j'avais pas le choix putain. Qui vous auriez cru, vous, le mec que tout le monde se refile parce qu'il a une sale répute ? Le vieux sergent qui est toujours sergent et qui doit cacher un truc ? Ou les piliers de la compagnie, les enfants du régiment ? Qui m'aurait défendu ? Vous ? Le capitaine ? Lulu, alors qu'il les avait laissés dire ? »

Marouane laissa échapper un rire amer.

« Putain vous pouvez pas comprendre. Depuis toujours c'est comme ça, c'est même pour ça que je me suis arraché pour passer sergent. Quand j'étais jeune trou du cul aux classes dans mon ancien régiment, il y avait un vieux capo-chef qu'aimait pas les Arabes. Il nous appelait les enculeurs de chèvres, moi et les deux ou trois autres rebeus de la section. Eh ben, j'ai rien dit, j'ai attendu. Mais j'ai pas oublié. Surtout quand je suis parti à Saint-Maix'. Et le jour où je suis rentré avec mes galons de sergent, je l'ai cherché dans le régiment, je voulais qu'il me salue, ce fils de pute, qu'il me présente ses respects. Quand je l'ai trouvé je l'ai chauffé un peu, et quand il a fini par craquer et m'insulter, je lui ai pété sa sale gueule de Vosgien consanguin. »

Les joues rougies, Marouane retint à la dernière seconde une furieuse envie de cracher par terre, sur le parquet du salon.

« Vous saviez pas pourquoi j'étais passé chef aussi tard ? Pourquoi j'avais pris trente jours d'arrêt comme jeune sergent ? Eh ben c'est parce que j'ai cassé toutes les dents de ce sac à merde. J'ai attendu quatre ans pour ça, il a pas été déçu du voyage. »

Marouane s'échauffait de plus en plus, la voix hachée par la colère.

« Vous vous rendez pas compte, les mecs. Quand je suis rentré de ma première OPEX, j'avais dix-huit ans, j'étais minot. Je me suis acheté une bagnole d'occase, pas une BM hein mais un joli truc quand même. Je suis descendu chez moi, à Martigues, je voulais montrer ma voiture et mes médailles à ma mère, j'étais fier comme tout. Je me suis fait arrêter par les flics en entrant dans le quartier, ils m'ont passé les menottes sur le capot. Ils croyaient que je l'avais volée, la caisse. Ils ont même pas pris le temps de me demander les papiers. Sous les yeux de ma mère qui rentrait du boulot et qui m'a giflé quand je suis arrivé chez moi, genre qu'est-ce que t'as encore magouillé, tu me mets la honte devant tout le quartier. Bon sang, je rentrais de quatre mois en Côte d'Ivoire ! Des histoires comme ça, j'en ai plein. Plein ! Et pour l'adjudant et ses potes, je pouvais rien faire, je voulais pas quitter l'armée, y a que ce boulot dans ma vie, je sais rien faire d'autre, je veux rien faire d'autre, je pouvais pas me payer le luxe de leur mettre une droite. Le régiment, là, c'était ma dernière chance. Mais à la limite, c'était pas grave, ça, je m'en foutais de l'adjudant, et puis il est parti pas longtemps après. Mais Lulu, Lulu putain, le mec que j'admirais le plus après vous, Lulu qui laisse faire, c'était un coup de poignard. »

Marouane se raidit.

« Regardez-moi, mon adjudant. Regardez-moi. »

Stéphane leva les yeux vers lui.

« Je suis désolé pour toi. Mais je vois pas le rapport avec sa femme.

— Vous voyez pas le rapport ? Vous comprenez pas que tout ça c'est la même chose ? »

La voix de Marouane implorait presque.

« J'ai pas touché à la femme de Lulu. Mais quand il est parti en mission, pas longtemps après cette histoire, on s'est croisés en ville. Je la connaissais de vue et je voyais bien qu'elle était pas bien, on a causé deux minutes et je lui ai donné mon numéro. On a commencé à échanger des textos. C'était un peu chelou, mais rien de méchant. Et puis on s'est mis à se chauffer un peu plus. Je savais que c'était pas bien, mais je me suis laissé emporter. Peut-être que j'aurais rien fait, que j'aurais coupé court à tout ça s'il avait dit un truc, ce jour-là, avec l'adjudant et les deux autres connards, j'en sais rien. Mais j'ai laissé monter l'affaire. Et un jour, elle m'a invité chez elle. J'ai hésité, puis j'y suis allé quand même, parce que bon, j'étais un peu chaud. Quand je suis arrivé, j'ai vu tout de suite qu'elle avait pleuré pas longtemps avant. Je suis parti avant qu'elle ait eu le temps de me servir un verre. Je me suis dégonflé. Je lui ai envoyé un texto dans la voiture genre on peut pas faire ça, j'suis désolé et tout. Elle m'a répondu qu'elle venait de découvrir qu'elle était enceinte. »

Marouane baissa les yeux sur ses mains.

« Le pire c'est que, dans d'autres circonstances, j'aurais pu le faire. J'aurais pu la sauter. Croyez pas que j'en suis fier, hein. Mais je l'ai pas fait. »

Un long silence.

« Avec le temps, on est devenus proches avec Lulu. Prendre des roquettes sur la gueule, ça crée des liens. Surtout après l'Afgha, où on a été dans la merde ensemble, vous vous souvenez ? Avec le petit, là, j'ai oublié son nom, celui qu'a perdu une jambe et qui fait les trucs olympiques des blessés maintenant. Et puis les mecs vont et viennent, l'adjudant et ses deux connards de potes se sont barrés. La femme de Lulu a continué à m'écrire de temps en temps mais j'ai plus jamais répondu. J'avais trop peur de ce qui pouvait se passer. Je crois que c'est surtout pour ça qu'elle m'aime pas, mais c'est peut-être plus facile de dire que c'est parce que je suis arabe. En tout cas, ça a jamais été plus loin que des textos de cul. »

Stéphane expira longuement. Charlier échangea un regard avec Romain, qui semblait aussi stupéfait que lui.

« Je suis désolé, mon adjudant », conclut Marouane.

Stéphane se leva comme un petit vieux, les épaules affaissées. Avant de passer la porte, il demanda d'une voix douce : « Désolé de quoi, puisque t'as rien fait ? »

Il fit un pas de plus.

« On décolle à huit heures demain. T'es pas obligé de venir. »

Il sortit de la pièce.

Marouane murmura, comme pour lui-même : « Un peu que si, je serai là. »

23

Ici

Aurélie entendit son téléphone vibrer sur la table de la cuisine malgré le bruit de la télévision. Un message de Mathilde.

« J'ai fait une connerie. J'étais en colère et j'ai dit aux gars pour toi et Marouane. Appelle-moi. »

Aurélie : « Te prends pas la tête. Fallait que ça arrive un jour. Et puis il s'est rien passé, après tout. »

Une minute plus tard, son téléphone vibra de nouveau, plus longuement cette fois. Mathilde essayait de l'appeler. Elle rejeta l'appel, pianota un autre message. « Pas envie d'en parler. Excuse-moi. »

Mathilde : « OK. Bonne nuit. Encore pardon. »

Aurélie reposa le téléphone et regarda vers la porte-fenêtre qui donnait sur le jardin plongé dans le noir. Mathis dormait. Elle prit une cigarette dans le paquet posé à côté du téléphone et sortit de la maison. Le froid vif la fit frissonner. Pas le courage d'aller mettre un manteau. Tant pis. Elle alluma sa cigarette, le bout incandescent éclaira d'un halo rougeâtre les planches de la terrasse que Lulu avait montée avec des copains un an ou deux auparavant. Elle se souvenait bien de ce week-end de fin d'été, Mathis marchait à peine et observait l'agitation autour de lui avec ses grands yeux étonnés. Il y avait des bières plein le frigo, la radio qui crachait depuis la fenêtre de la cuisine, on avait commandé des pizzas le soir. Stéphane était là, Junior aussi, et quelques autres. Leurs visages en sueur dans l'air étouffant, le temps qui tournait à l'orage, leurs voix d'hommes qui s'interpellaient, s'insultaient, rigolaient, leurs mains épaisses qui taillaient le bois. Marouane n'avait pas pu venir. Marouane faisait tout pour ne plus se montrer.

Elle se rappelait leur absence d'histoire, ce mélange de colère, de honte et de soulagement qui était encore vif lorsqu'elle repensait à ce qui ne s'était pas passé et à ce qui aurait pu. C'était le début avec Lulu, ils venaient de s'installer ensemble. Elle découvrait la vie de garnison, avait trouvé un boulot en ville, préparait le dîner le soir, cherchait à se faire des copines tout en commençant à comprendre qu'elle ne se sentirait jamais à l'aise dans ce monde-là. Et puis on avait désigné Lulu pour partir en mission à la dernière minute, pour renforcer une compagnie en manque de personnel. Il lui avait annoncé sans même faire semblant de la consulter. C'était comme ça : l'armée décidait de quand il partait, de quand il rentrait, de ce qu'il faisait, de ses week-ends, de ses nuits parfois. Quand, excédée, elle avait fini par lui demander pourquoi il ne discutait jamais, il avait haussé les épaules et dit « c'est le boulot ». Sa réponse avait mis fin à la conversation. Elle savait que certains se faisaient muter, quittaient les compagnies de combat après un certain temps pour un travail plus sédentaire dans les ateliers ou dans un bureau, négociaient de menus arrangements au fil des années. Pas Lulu, jamais. Pas de renoncements, pas de compromis. Et puis elle tombait bien, cette mission, elle paierait des aménagements pour l'appartement, un lave-vaisselle, peut-être une nouvelle voiture. Ils avaient besoin de cet argent. Elle n'avait pas insisté.

La veille de son départ, leur soirée romantique s'était transformée en tête-à-tête lugubre. Elle, pleine de tous les reproches qu'elle ne pouvait pas formuler à voix haute. Lui, l'esprit déjà là-bas, parti, dans le bus, dans l'avion, sur le terrain, les yeux posés sur la ligne d'horizon sablonneuse, l'air chaud d'un pays étranger dans les narines. Alors ils avaient bu pour atténuer le malaise. Ils avaient fait l'amour aussi, parce qu'il le fallait bien, parce qu'on se séparait, parce qu'on ne savait pas quand il reviendrait. À l'été, si tout allait bien. Il était parti vers quatre heures du matin. Elle n'avait pas eu le courage de l'accompagner au régiment. Ils s'étaient embrassés maladroitement sur le pas de la porte pendant que Stéphane attendait dans la voiture. C'était une nuit froide de février. Par la fenêtre du salon, elle avait regardé les phares de la voiture s'éloigner sur la petite route qui menait vers la ville, et puis la solitude s'était abattue sur elle dans toute sa violence, dans toute son immensité. Elle avait passé les trois jours suivants à pleurer. Lulu envoyait des messages au fur et à mesure de son voyage. Mais dès son arrivée, les messages s'étaient faits plus rares. Lorsqu'elle avait enfin réussi à sortir de chez elle pour aller faire quelques courses, c'est là, hirsute, les yeux bouffis par les larmes et le manque de sommeil, qu'elle avait croisé Marouane.

Aurélie alla chercher un manteau à l'intérieur et ressortit pour fumer une nouvelle cigarette. Elle sentit son téléphone vibrer dans sa poche. Marouane : « Je suis désolé. » Elle tapa : « Va te faire foutre », puis l'effaça. Tenta : « Laisse tomber », qu'elle effaça également. Pour finir, elle se contenta d'un « OK » et envoya le message.

Elle éteignit sa cigarette et ferma les yeux, écoutant le bruit de la pluie sur les arbres. L'averse s'approchait. Elle attendit que des gouttes viennent fouetter son visage pour se mettre à pleurer.

24

Là-bas

Derrière lui, dans la caisse du blindé, la radio cracha des paroles indistinctes du capitaine. Le grondement sourd du moteur l'empêchait d'entendre. Il tourna la molette pour augmenter le volume dans son casque, trop tard. Les réponses laconiques des autres véhicules de la colonne lui parvinrent, annonçant « reçu » l'un après l'autre. Dans son rétroviseur, il vit les soldats s'activer, les tireurs monter en tourelle, les trappes se fermer. Il comprit : départ.

Le sergent vint se porter à la hauteur de son poste de pilotage, accroupi sur la plage avant du blindé, tout sourire.

« T'as entendu, Doudou ? On décolle.

— Reçu, sergent. J'attends l'ordre une fois que tout le monde a embarqué.

— OK. »

Il n'aimait pas trop ce surnom, « Doudou », qu'il traînait depuis ses classes un an et demi plus tôt et dont l'avait affublé le caporal parce qu'il était martiniquais.

Quand on fait ses classes, on comprend vite qu'il vaut mieux éviter de se mettre le caporal à dos. À la place, il avait dit « reçu », bien sagement, comme un imbécile. Les copains avaient pris le pli et le surnom était resté. Il s'en tirait bien : on aurait pu le surnommer Junior, comme le sergent, ou quelque chose de moins plaisant encore.

Dans son casque, la voix du caporal-chef Thomas, le tireur canon, depuis la tourelle : « Tu me reçois, Doudou ?

— Je vous reçois, caporal-chef. »

Suivi, quelques secondes plus tard, par la voix du sergent à la radio : « Trente et un, embarqué verrouillé. »

« En avant. » La voix plus distante de l'adjudant depuis le véhicule derrière eux.

Doudou leva son pied du frein et le véhicule, le premier de la colonne, s'ébroua dans un grincement d'essieux vers la sortie de la base. Il n'aimait pas spécialement être en tête, mais il avait vite compris que le capitaine avait confiance en l'adjudant : leur section ouvrait souvent la marche lors des patrouilles. Il avait vite compris aussi que l'adjudant avait confiance en son sergent, et que, par conséquent, c'était souvent lui, Doudou, bientôt deux ans de service, bientôt caporal, pilote d'un blindé de vingt-cinq tonnes portant un groupe de combat aguerri, qui se retrouvait en tête. De temps en temps, lors des séances de nettoyage et d'entretien des véhicules, il s'en plaignait auprès des autres pilotes de la section. Une fois, le chef Guerrouj l'avait surpris en train de râler et lui avait dit que c'était le privilège des meilleurs. « T'es comme un citron, Doudou, tant qu'il y a du jus, on presse », avait-il ajouté en rigolant. Doudou n'était pas sûr d'apprécier la comparaison.

Les premiers kilomètres de la patrouille étaient roulants et il connaissait déjà bien le terrain. Il manœuvrait habilement entre les charrettes et les camions sur la route, se méfiant des gamins qui jouaient sur le bas-côté. Selon leur humeur du jour, ils faisaient signe aux blindés ou leur jetaient des cailloux, parfois les deux en même temps. Mais ce n'était pas pour ça que Doudou se méfiait. Une fois, il avait bien failli écraser un petit bonhomme qui s'était précipité sous ses roues en poursuivant un vieux ballon rapiécé. Doudou avait donné un coup de frein brutal qui lui avait valu de se faire engueuler par les gars derrière lui, tassés les uns contre les autres. Il avait haussé les épaules.

Le sergent, dans l'interphone, le prévint qu'ils allaient s'arrêter au prochain carrefour pour rendre compte. Ensuite, il faudrait prendre la piste à droite. Doudou rangea le véhicule sur le bord de la route. Il entendit le moteur électrique de la tourelle, derrière lui. Le caporal-chef Thomas scrutait les lisières loin devant eux. Tout était calme. Une trentaine de secondes plus tard, l'adjudant leur ordonna de repartir et Doudou s'engagea sur la piste.

Ils n'étaient pas souvent venus par ici, mais l'itinéraire était simple : tout droit sur quatre kilomètres, jusqu'au village. Doudou sentit son estomac se nouer, mais n'y prêta pas attention. C'était peut-être leur quarantième ou cinquantième patrouille depuis le début de la mission, et même pour un jeune comme lui, la peur était devenue habituelle. Il observait les bords de la route, à l'affût d'un indice, d'une trace qui l'aurait alerté. On lui avait dit de guetter les « signes », mais il n'était pas sûr de comprendre ce qu'il fallait déceler. Il se contentait de conduire, d'éviter les nids-de-poule, de ne pas abîmer ses essieux sur un obstacle un peu trop saillant, de ne pas crever un pneu en zone hostile par imprudence ou par inattention. Il se sentait à la fois puissant et vulnérable. Derrière lui, la vingtaine de blindés de la compagnie scrutait les abords de la piste, toutes armes dehors.

Le blindé traversa un petit ruisseau bordé d'arbres et de buissons épineux, puis la route s'éleva pour passer une colline. Au sommet, Doudou aperçut les premières maisons en torchis. Le village.

« Serre à droite et stoppe, Doudou. »

Le sergent dans l'interphone, Doudou s'exécuta. Encore le moteur de la tourelle, bourdonnement quasi inaudible. De nouveau la voix du sergent, à la radio cette fois.

« Trente et un, arrivée en vue du village. En mesure de reprendre la progression.

— Trente et un, reçu, en avant.

— Trente et un. »

Doudou leva aussitôt son pied du frein et le blindé descendit doucement vers les maisons. Il entra dans le village. Il se demandait comment les gens vivaient dans ces baraques de boue séchée qui tenaient debout grâce à quelques rondins de bois et manquaient de s'écrouler à chaque pluie un peu violente. Pas d'électricité, pas de téléphone, pas d'eau courante, pas de toilettes. Rien. À part des poules dans les cours intérieures, s'agitant dans tous les sens au moindre bruit. Les villages le rendaient nerveux. Lorsqu'ils étaient dans les champs ou sur une route goudronnée, les gamins couraient, riaient, comme dans une cour de récréation. De temps en temps, il croisait un groupe de fillettes, cartable sur le dos, regard clair mais grave, ce regard qu'ont les filles et les femmes des pays en guerre. Il y avait des voitures, de l'activité, des marchands ambulants. Et puis ils pénétraient dans des zones habitées presque toujours désertes, enveloppées d'un silence dont on ne savait jamais s'il était celui d'un assoupissement ou d'un piège mortel. C'était là qu'il mesurait mieux la différence, l'étrangeté inouïe de ce pays et de ses habitants.

Doudou essuya la sueur qui coulait sur son front, réajusta son casque dont la doublure intérieure le démangeait. Il s'enfonça dans la rue principale du village, ralentissant pour se faufiler entre le mur d'une maison et une pile de rondins de bois, sur le côté. Quelque chose l'inquiétait, mais il ne voyait pas quoi. Le soleil était haut dans le ciel, les ruelles étaient vides et toutes les portes fermées.

La détonation, juste derrière lui, massive, considérable, souffla le véhicule vers l'avant. Il vit le flash au ralenti dans son rétroviseur. Puis le nuage noir et menaçant qui fondait sur eux. Un caillou ou un éclat vint briser le miroir et le véhicule derrière lui disparut dans la fumée. Il sentit la poussière engloutir son véhicule. L'odeur âcre de la cordite. Son souffle court.

« Contact, contact. »

La voix de l'adjudant hurlait dans la radio.

Pour finir, le ciel prit feu autour de lui, et il perdit connaissance.

25

Ici

Au réveil, ils rassemblèrent leurs affaires en évitant de s'adresser la parole. À huit heures, ils étaient prêts à partir. Marouane prit le volant et alluma son téléphone. Romain s'assit derrière, à côté du lieutenant.

« Vous avez l'adresse, mon adjudant ? »

Stéphane la lui donna. Marouane saisit le nom du lieu-dit et laissa l'application calculer leur itinéraire.

« Bon. Sept heures de route. C'est parti. »

Dix minutes plus tard, ils étaient sur l'autoroute en direction de Paris.

Lorsque Stéphane avait quitté la pièce la veille au soir, les trois autres s'étaient retrouvés dans le salon d'une maison qui n'était pas la leur, encombrés par leur silence et par l'intimité nue de Marouane qui venait d'être livrée. Ils avaient fini par monter dans la petite pièce que Mathilde avait installée pour eux quelques heures plus tôt, et s'étaient couchés sans rien se dire de plus.

Romain avait guetté en vain le ralentissement progressif de la respiration de ses camarades de chambre. Il avait résisté à la tentation de jouer avec son téléphone, d'aller sur les réseaux sociaux. Il avait attendu. Les militaires savent attendre. Après une éternité, il avait fini par s'abandonner à un sommeil inconfortable.

Il avait mal dormi, comme les autres. Leurs traits tirés au réveil attestaient que la nuit avait été courte pour tout le monde. Il était descendu le premier dans la cuisine, avait croisé Stéphane en caleçon, torse nu, en train de faire couler le café. Romain avait remarqué le tatouage familier délavé sur l'omoplate gauche, une image qui le renvoyait à des souvenirs de douches de campagne lors d'un hiver au froid électrique, dans un pays lointain. Lorsqu'il s'était figé dans un garde-à-vous un peu ridicule, l'adjudant lui avait grommelé : « Arrête de me présenter tes respects, Trègue. » Romain n'avait pas insisté.

À mesure que la voiture filait vers l'ouest, le temps semblait se dégager. Une fois de plus, Romain ne parvenait pas à se défaire de la sensation désagréable de n'être pas à sa place, d'être un passager clandestin. Les histoires entre Lulu, sa femme, le chef et l'adjudant ne le concernaient pas. Marouane était son supérieur, l'homme qui s'occupait de la logistique, de la vie courante, c'était le sous-officier préposé à l'indispensable mais condamné au dérisoire, celui qui permet au jeune lieutenant en gestation de se concentrer sur la mission parce qu'on rattrapera le coup derrière s'il le faut. Pour un sergent, l'adjoint est une montagne, celui qui conseille en catimini, qui ne punit jamais mais sait faire payer les erreurs, l'homme des arrangements, des combines et des réussites discrètes. Romain ne s'était jamais figuré qu'il le verrait un jour sous un angle aussi personnel. Toutefois, il comprenait la colère de Marouane, du moins il en avait l'impression. Il ne s'agissait pas seulement d'une affaire de bonne femme ou de confiance trahie. La vérité était ailleurs. C'était l'hypocrisie d'un regard qui s'obstinait à ne pas voir l'évidence, qui niait à l'avance tout ce que Marouane ne s'était jamais permis de révéler. Une colère que lui, le vilain petit canard d'une vieille famille de la noblesse d'Empire, biberonné aux traditions militaires héroïques, lui qui n'avait rencontré le monde réel qu'en intégrant l'armée, pouvait comprendre. Pour Romain, l'immigré ou l'enfant d'immigré avait toujours été un vague concept, un objet que l'on soupçonne de toutes les infidélités, de toutes les trahisons et de toutes les rapines, voué aux méchantes plaisanteries de sa famille et de ses camarades de lycée militaire. Ces rengaines et autres saloperies qu'on lui avait serinées pendant toute son enfance et son adolescence, celles que lui-même avait pu proférer sans y réfléchir vraiment, il les avait entendues, hier soir, dans la bouche de Marouane. Le bougnoule fantasmé, évanescent, celui qui lui avait fait dire une fois à son unique camarade de classe arabe que lui « c'était pas pareil, bien sûr ».

Il lui avait fallu l'armée pour rencontrer les Marouane tels qu'ils étaient : des mecs qui ne portaient pas leur galon de sergent à regret, faute d'avoir réussi mieux, des mecs arrachés au monde des opportunistes et des laissés-pour-compte. Un monde dans lequel chaque progrès se payait en litres de sueur, en ampoules percées à travers la corne, en muscles raidis par la douleur. Un monde dans lequel on n'avançait qu'en surmontant les réticences, les méfiances et les hostilités à peine voilées. Il avait fallu qu'il arrive à la compagnie et qu'il y reste, après la mort de Junior, pour comprendre qu'il admirait Marouane, sa gouaille, sa bonne humeur perpétuelle et parfois un peu forcée, sa volonté, sa détermination.

Marouane et Lulu s'étaient déçus, mutuellement, sans le vouloir. Le reste s'était joué malgré eux. Romain se surprit à espérer qu'ils ne retrouvent pas Lulu, qu'ils le laissent disparaître dans n'importe quel trou, qu'ils en viennent à poser un couvercle sur toute cette histoire. Il y avait trop de rancœur, trop de culpabilité, trop de choses qui n'avaient pas été dites. Mais il évacua bien vite cette idée. Ils allaient chez les parents de Junior, remontant leur seule piste, ce fil ténu qui les reliait à Lulu.

Ils passèrent Paris un peu avant midi. Marouane voulut sortir de la ville, éviter les éventuels bouchons, un réflexe de père de famille sur la route des vacances qui amusa Romain. À l'approche de Chartres, ils s'arrêtèrent pour faire le plein dans une station-service. Charlier offrit de payer, puis se dirigea avec Stéphane vers l'intérieur de la station. Romain sortit à son tour de la voiture, laissant courir ses yeux sur la plaine environnante. Il aperçut le découpage sombre des tours de la cathédrale sur l'horizon, réminiscences d'une autre vie. La lumière se faisait presque apaisante. Marouane interpella Romain, rêvassant à quelques mètres de lui.

« Tu devrais pas mollir si tu veux un café, Trègue. On va pas traîner. Reste encore trois heures et demie de route au moins. »

Romain s'approcha de Marouane.

« Chef… »

Marouane prit les devants.

« Écoute, mon vieux, ta gueule, d'accord ? Te fatigue pas. »

Romain se tut. Il n'était pas suffisamment sûr de ce qu'il voulait dire pour insister. Marouane raccrocha le pistolet d'essence à la pompe. Il eut un geste maladroit pour mettre une main sur l'épaule de Trègue.

« Allez viens, on va se chercher un truc à bouffer. »

Ils retrouvèrent les deux autres dans la petite supérette de la station et firent quelques emplettes pour le déjeuner. Une fois leurs sandwichs industriels avalés, Marouane et Romain sortirent fumer une cigarette avec leur café. Stéphane en profita pour appeler les parents de Junior.

« Ils nous attendent. Je leur ai dit qu'on arriverait en fin d'après-midi. »

Ils reprirent la route, et avalèrent d'une traite les trois cent cinquante derniers kilomètres.

En fin d'après-midi, la voiture vint se garer dans une courette de ferme, quelque part à la sortie d'un village du Morbihan. Les volets de la maison étaient fermés. Lorsqu'ils descendirent de la voiture, mal à l'aise, la porte de la maison s'ouvrit. Les épaules voûtées, le père de Junior sortit pour les accueillir. Il avait terriblement vieilli depuis la dernière fois, pensa Romain.

26

Ici

Le salon était vaste et lumineux malgré le plafond bas qui semblait comme empesé d'un chagrin poisseux. Un mur portait les traces plus claires de cadres que l'on avait retirés. Le père cachait mal le tremblement dans sa voix et la fatigue immense qui exsudait de chacun de ses mouvements. La mère, livide, avait le même regard absent que lors de sa venue au régiment quelques mois plus tôt. Elle s'était assise sur le bord d'un vieux canapé de cuir et n'avait plus desserré les lèvres.

Stéphane prit la parole. Il raconta la disparition de Lulu, les recherches, les carnets, l'indice qui les avait menés jusque chez eux. Peut-être qu'ils l'avaient vu, peut-être qu'il les avait contactés ? Le père secoua la tête. Il y avait eu un ou deux coups de fil du régiment, une lettre du colonel aussi. Mais plus rien depuis des mois. Ah si, une fois, pendant l'été, ils avaient eu la surprise de trouver des fleurs fraîches sur la tombe de leur fils sans savoir qui les y avait laissées. Le père marmonna que ce geste, au lieu de le rasséréner, l'avait mis en colère. Personne ne devrait avoir à partager leur deuil, avait-il dit.

Stéphane fit un rapide calcul : l'inconnu de la tombe ne pouvait pas être Lulu. Ce constat le plongea dans un abattement soudain. Cette fois, leur frère d'armes n'avait pas semé de miettes de pain derrière lui, ou s'il l'avait fait, les oiseaux avaient déjà tout mangé.

Charlier prit le relais et expliqua aux parents qu'il n'avait pas connu leur fils, mais qu'il avait appris son histoire en succédant à Stéphane à la tête de la section. Il leur dit qu'il aimerait visiter sa tombe, avant de repartir, s'ils n'y voyaient pas d'inconvénient. En traversant le village, la voiture était passée devant le petit cimetière adossé à l'église. Ils ne s'étaient pas arrêtés, et Charlier n'avait pas eu le temps de voir si le nom de Junior avait été rajouté en lettres d'or sur le monument aux morts, en dessous de ceux des deux guerres mondiales. Le père acquiesça d'un hochement de tête.

Tout à coup, la mère s'anima. Elle leur demanda qui parmi eux était avec son fils pendant l'embuscade. Stéphane et Marouane répondirent par l'affirmative, et ce dernier ajouta : « Et Lulu, aussi, c'était son adjoint, il était avec lui tout le temps. C'est lui qui l'a mis dans l'hélico pour l'évacuer. »

Charlier retrouvait sur le visage de cette femme toutes les *mater dolorosa* qu'il avait vues dans les musées de son ancienne vie. La mère de Junior, fils parfait, soldat d'exception dont l'ombre et le souvenir habitaient chacun des membres de sa section, avait ce regard éploré de la Vierge Marie qui vient de perdre son fils sur la croix. Ce regard écrasé par l'incompréhension devant le châtiment odieux qu'il faut accepter, dont on lui dit qu'il a du sens, qu'il est important, qu'il dépasse le seul horizon de sa sou rance, comme si cela faisait la moindre différence, comme si le sentiment idiot du bien commun pouvait chasser les cauchemars. Elle fronça les sourcils, cherchant des mots perdus depuis trop longtemps. Face à elle, Charlier retenait sa respiration.

« Vous savez, lorsque le corps de mon fils a été rapatrié, on nous a accueillis à l'aéroport, à Villacoublay, je crois. Il y avait des militaires en grande tenue, des ministres, plein de gens importants dont je ne me souviens plus très bien. Je me rappelle, en revanche, d'un officier qui est venu nous voir pour nous dire qu'il était là pour répondre à nos questions… Nos questions sur les circonstances de sa mort. Et moi, moi je n'avais pas de questions, je ne voulais rien savoir des détails. Mais mon mari si, alors on nous a expliqué la patrouille, l'embuscade, les hélicoptères, la blessure, l'évacuation. Et sa mort en route vers l'hôpital. Je n'écoutais pas vraiment, mais quand il a terminé, il m'a donné une carte, pour que je puisse le rappeler si besoin. Après, l'avion est arrivé et ils ont débarqué le… le cercueil, ce gros cercueil vert en plastique ou en résine, avec un drapeau dessus. On est allés à la morgue, pour voir son corps, et… » Elle s'interrompit, déglutit, inspira profondément pour se donner le courage de poursuivre. « Et après, il y a eu la cérémonie au régiment, les honneurs, les médailles et tout ça. Ensuite, on a enfin pu rentrer chez nous, ici, pour l'enterrer. Notre fille est repartie à Toulouse, où elle habite avec son mari, et nous on s'est retrouvés tout seuls. Et là, j'ai commencé à réfléchir. Là, les pensées ont commencé à se bousculer. »

La mère de Junior saisit le verre d'eau devant elle et avala une gorgée. Charlier crut qu'elle allait se mettre à pleurer. Sa gorge se serra en écho à l'émotion qu'il sentait chez elle, captive derrière ses yeux usés. Sa voix n'était plus qu'un souffle.

« Est-ce que mon fils… est-ce qu'il a pu se défendre ? Est-ce qu'il a tiré sur ceux qui ont essayé de le tuer ? Et… je ne saurais pas l'expliquer mais c'est devenu comme une obsession pour moi, de savoir si mon fils avait tiré, s'il avait répondu, s'il s'était battu. Je refusais de croire qu'il n'avait été qu'une victime. J'avais besoin de savoir, alors j'ai rappelé l'officier qui m'avait laissé sa carte. Mais il n'a pas su me dire. »

Une nouvelle gorgée d'eau, suivie d'un long soupir.

« Des médailles posthumes, des poignées de main chaleureuses et compatissantes, des lettres, tout ça peuple les premiers mois. Après, tout le monde finit par passer à autre chose. Mais pas nous. Pas les familles. J'ai parlé à d'autres parents de soldats morts en mission, mais je n'ai pas osé leur poser la question. On a tous notre croix à porter. C'est intime, le deuil d'un enfant. »

Elle leva la tête vers Stéphane et Marouane. Ses yeux étaient sombres, mais concentrés, déterminés.

« Mais vous deux, vous y étiez. Vous devez savoir. »

Marouane devança Stéphane.

« Madame, votre fils s'est défendu. Je vous le promets.

— Vous me le promettez parce que vous l'avez vu ?

— Je suis l'adjoint de l'adjudant. Pendant l'embuscade, j'étais derrière, dans la colonne, c'était difficile de remonter vers la position de Ju… de votre fils. Mais c'est mon boulot de faire le point des munitions une fois de retour à la base. Je sais ce qu'on a tiré et j'ai refait le plein pour les gars. J'ai compté les munitions de votre fils. Il avait vidé les deux tiers de ses chargeurs, ça fait peut-être deux cents cartouches. Et son arme était couverte de poudre. Donc, oui. Je peux vous le promettre, il s'est défendu, il leur a tiré dessus, il en a peut-être touché…

— Merci, le coupa-t-elle avant qu'il ne puisse aller au bout de sa phrase et de ce qu'elle impliquait. J'avais besoin de savoir que le combat était un peu égal. Merci. »

Marouane opina. Il se dit néanmoins qu'une fois l'effet de surprise passé, et surtout après l'arrivée des deux hélicoptères, le combat n'avait plus rien eu d'égal, mais il chassa immédiatement cette pensée. La mère de Junior paraissait apaisée, c'est tout ce qui comptait.

La conversation reprit son cours lent et sinueux. Le père offrit des bières qu'ils acceptèrent à contrecœur. Stéphane voulait repartir, sonné par l'inutilité de leur voyage. Il n'était pas même sûr de vouloir aller sur la tombe de Junior. Il était temps de rentrer. Il finit par se redresser en claquant ses mains sur ses cuisses.

« On va vous laisser. Merci de nous avoir accueillis. »

Il posa sa bouteille vide sur la table basse. Par mimétisme, Marouane et Charlier vidèrent le reste de leur bière et se levèrent. C'est alors que Romain lança : « Excusez-moi, mais est-ce que vous avez des affaires de votre fils, ici ? Les sacs de la dernière mission, par exemple ?

— Trègue ! On y va, dit Stéphane en le fusillant du regard.

— On a bien trouvé les carnets de Lulu quand on y croyait plus. C'est dommage de pas essayer. »

Le père intervint pour briser la tension entre eux.

« On a bien une cantine, au grenier. On a mis toutes ses affaires dedans quand elles nous ont été renvoyées. J'ai regardé, une fois, mais je n'y ai rien trouvé d'intéressant. J'avais l'impression de rentrer par effraction dans sa vie. On n'y a pas touché depuis. »

Romain implora Stéphane du regard. Charlier plaida sa cause.

« Trègue a raison, mon adjudant. Ça prendra cinq minutes tout au plus et au moins on aura pas de regrets.

— Mais c'est... » Stéphane n'alla pas plus loin. Il aurait voulu dire que c'était Lulu qu'ils cherchaient, pas Junior. Que tout le monde savait très bien où était Junior. Il aurait voulu dire que ce n'était pas la peine de faire remonter ces objets à la surface. Qu'il préférerait ne pas mettre une pierre grise gravée à son nom sur le souvenir de ses derniers sourires, ce matin-là, avant de monter dans le blindé et de partir à la rencontre de sa mort. Qu'il avait eu du mal à faire son deuil, lui aussi, et ne tenait pas à le raviver. Mais il ne dit rien. Juste « d'accord ».

Le père les conduisit au grenier, où il alluma une ampoule nue fixée sur l'une des poutres. Par une fenêtre, au fond de la pièce, ils voyaient le soir tomber. La cantine, une grosse caisse de métal verte et cabossée comme en possèdent tous les soldats, était calée dans un coin de la pièce. Le père se pencha, ouvrit le cadenas.

« Prenez votre temps.

— Merci, monsieur, ce sera pas long. »

Le père quitta la pièce, les laissant tous les quatre avec les souvenirs de Junior.

27

Ici

À l'ouverture de la cantine, l'odeur familière les saisit en même temps. C'était toujours la même, celle qui imprégnait les carnets de Lulu, celle des armoires, des vieux sacs paquetage que l'on n'ouvre jamais, des chambres de troupe et des ordinaires de camp de manœuvre. L'odeur des vieux treillis mêlée à celle du feu de bois, de la sueur, de la poudre et du traitement chimique des tenues de combat dont on leur avait dit, un jour, qu'il protégeait du feu. C'était l'odeur des barbecues compagnie, des saucisses grillées dans des fûts métalliques de deux cents litres coupés en deux. L'odeur de l'arrivée des marches de nuit, des réveils sous la bâche par un matin pluvieux d'automne, du tabac froid, des fumées d'échappement des blindés. Pas agréable, mais familière. Une odeur comme un territoire connu, comme un signe de ralliement.

Ils reconnurent le cadre qui portait les médailles de Junior, posées sur une feutrine élégante aux couleurs de la compagnie. Il n'avait visiblement jamais été accroché, un souvenir enfoui avec les autres. Dans un coin de la pièce, Charlier aperçut les photos qu'on avait retirées des murs du salon. Sur l'une d'entre elles, on devinait le large sourire de Junior sous une couche de poussière.

La cantine contenait les effets habituels. Un réchaud à gaz, un duvet, une vieille bâche de toile imprimée d'un motif de camouflage pour le bivouac. Quelques paires de chaussures de combat. Des pochettes dépareillées pleines de stylos, une boussole, un GPS de randonnée, une lampe de poche, des piles, des cartes, des feuillets plastifiés avec les messages radio reliés par des goupilles de grenade. Dans un sac plastique, à part, les treillis de la dernière mission. Ils reconnurent les effluves de poussière mélangés avec la mauvaise lessive locale, parfum douceâtre et tenace qui les ramena sur les bords des pistes l'espace d'un instant. Ils furetèrent encore parmi des bricoles éparpillées et une poignée d'aiguilles de pin rapportées de Dieu seul savait quel camp de manœuvre. Là, dans une boîte en plastique, il y avait quelques carnets. Sous la boîte, une enveloppe avec des photos, dont l'une d'une jolie fille qui devait être sa grande sœur et qui posait, radieuse, sur une terrasse au soleil, un bébé dans les bras et un enfant de deux ou trois ans assis à ses pieds. Derrière, elle avait mis un petit mot. Des cœurs dessinés à l'encre bleue. « Reviens-nous vite. »

« On devrait peut-être aller la voir, sa sœur, non ? Elle a l'air de pouvoir nous renseigner. » La tentative de blague de Marouane tomba à plat, fusillée simultanément par les regards noirs de Charlier et de Stéphane. Romain effaça aussitôt son sourire. Ils vidèrent le reste de la boîte. Une lettre de ses parents. Quelques mousquetons, tendeurs, vieux insignes métalliques, souvenirs de popotes aux quatre coins de la France, un vieux Zippo sans essence et sans pierre, mangé par la rouille et sur lequel on devinait l'insigne de la compagnie, des écussons d'épaule glanés à droite et à gauche – animaux menaçants et devises viriles ou amusantes, en français, plus rarement en latin.

Stéphane jaugea les carnets. Il ouvrit l'un d'eux, le moins abîmé, et se plaça sous la lumière crue de la lampe. Le carnet contenait des citations notées par Junior pendant les courtes années de sa vie militaire : des lieux communs sur le commandement, quelques perles de sagesse – ces phrases que l'on entend dans les écoles militaires de France et que tout le monde se refile, « l'Homme est l'instrument premier du combat », ce genre de trucs –, ainsi que des phrases cueillies au vol, avec le nom de leur auteur et une date. Des conseils de sous-officiers qui avaient sans doute été ses instructeurs. Les traits d'esprit du capitaine Bourguet lors des rassemblements du matin. Des plaisanteries de soldats, comme celle du gars qui s'était plaint des « douches à évasion de température » à Mourmelon, qu'est-ce qu'ils avaient rigolé ce soir-là. Et quelques réflexions plus personnelles. Une photo était glissée entre les pages : Stéphane se reconnut, posant avec Marouane, Junior et les autres sergents de la section, dans un camp de manœuvre. Ils avaient tous signé derrière, et Stéphane avait ajouté : « Prends soin de toi et de tes gars, bitos. » Il sentit une boule monter dans sa gorge, lâcha le carnet comme s'il lui avait brûlé les doigts et partit en courant dans l'escalier. Les trois autres, surpris, eurent juste le temps de le voir disparaître. Charlier ramassa délicatement le carnet et la photo au sol. Il la montra aux deux autres.

« J'y vais. »

Marouane descendit à son tour. Charlier allait lui emboîter le pas mais Romain le retint par l'épaule.

« Laissez-les, mon lieutenant. »

Charlier hocha la tête. Il referma le carnet, le remit avec les autres et reprit l'examen attentif des affaires de Junior.

Marouane sortit de la maison et balaya la petite cour de ferme du regard. Stéphane était adossé à la roue de sa voiture, la tête dans les mains. Marouane vint s'accroupir en face de lui.

« Mon adjudant. »

Stéphane essuya son visage en laissant glisser ses mains vers le bas. Il n'avait pas les yeux rouges. On ne pleure plus vraiment après tant d'années.

« Mon adjudant. » Marouane lui tendit une main. Il la saisit et les deux hommes se relevèrent. Marouane sortit son paquet de cigarettes de sa poche, en alluma une qu'il tendit à Stéphane, et une autre pour lui. Ils fumèrent en silence quelques instants.

« Je me souviens de cette photo. »

Marouane ne répondit pas.

« Il venait d'arriver à la compagnie, on était au Larzac je crois, ça devait être sa première manœuvre. L'un des mecs de son groupe avait fait une connerie, et il les avait tous fait ramasser parce qu'ils avaient pas voulu le dénoncer. Pas une punition collective, non, juste une bonne séance de sport musclée. Lulu était venu m'en parler après. Je lui avais passé un savon. Au retour, il avait imprimé cette photo et il nous avait tous fait signer. Je me rappelais pas avoir écrit ça. Ni l'avoir appelé "bitos", j'aime pas ce mot.

— N'empêche, c'était un bitos à cette époque. »

Stéphane regarda le bout incandescent de sa cigarette d'un air absent.

« Putain, oui. Mais il était déjà bon. Tu te souviens le tir de nuit, avec le guidage mortier ?

— Et comment. Quel connard, quand même. »

Stéphane eut un sourire fugace.

« Eh ouais. Junior.

— Mon adjudant, c'est…

— C'est quoi ?

— Nan, laissez tomber. »

Stéphane poussa Marouane du coude.

« Allez. Dis-moi. »

Marouane sembla encore hésiter un instant.

« C'était pas votre faute. Ce jour-là, je veux dire. Ils nous attendaient. »

Stéphane réfléchit un instant.

« Pendant longtemps je me suis dit qu'on s'en était bien sortis. Qu'ils avaient tiré un poil trop tôt ou trop tard sur le véhicule de tête. Qu'on aurait pu avoir dix morts et autant de blessés s'ils avaient réussi leur coup. Que la blessure de Junior alors que ça se calmait, ça collait pas. J'ai même cru un moment que c'était un tir fratricide de l'hélico. »

Il prit une longue bouffée de tabac avant d'ajouter : « On aurait pas dû balancer les fumigènes. On en avait pas besoin, c'était fini, ils étaient en train de se barrer, on avait gagné. On a dévoilé nos positions pour rien.

C'est à cause de ça qu'il est mort, parce qu'on avait eu le cul bordé de nouilles jusque-là. Comme si… comme s'il avait fallu payer pour notre chance. Et le prix à payer, c'était lui. »

Stéphane baissa les yeux, traçant de petits cercles dans le sol avec le bout de sa chaussure. Il refrénait une envie furieuse de se gratter l'avant-bras. Marouane soupira.

« Mon adjudant. Regardez-moi. »

Pas de réaction.

« Regarde-moi, je te dis. » Stéphane obéit, surpris. « Arrête avec tes conneries, maintenant. C'était une embuscade, tu pouvais rien faire, moi non plus, Junior non plus, Lulu non plus. C'est comme ça. T'as fait le taf, on te l'a dit, le capitaine te l'a dit, le colonel te l'a dit, tout le monde. Et je te le dis aussi.

— Marouane…

— Et viens pas me dire que je sais pas ce que c'est, que je suis pas dans tes bottes, que je peux pas comprendre. Ça suffit. On vit tous en se demandant ce qu'on aurait pu faire ou dû faire. Mais en vrai, ça sert à rien. T'as ramené tous les autres. T'as été bon, merde, t'as toujours été bon. Moi je t'aurais suivi au bout du monde, et la section, c'est pareil. Alors arrête de jouer les martyrs. Quand on réfléchit comme ça, on finit comme Lulu par péter une pile. Toi, t'es parti. T'as su prendre la bonne décision. T'as une femme et deux gosses qui ont besoin de toi. Le reste, c'est de la merde et de l'eau. On s'en cogne, du reste.

— Je sais. Mais j'y arrive pas. »

Marouane alluma une autre cigarette avec le mégot de la première, qu'il mit dans sa poche.

« Bordel, t'étais un exemple, on voulait tous se montrer à ta hauteur. Lulu, Junior, le lieutenant, Trègue, tout le monde. Et même moi qui ai toujours tout brûlé autour de moi. »

Stéphane secoua la tête.

« Vous savez pas dans quoi vous vous embarquez, les gars.

— On s'en fout. Mais faut avancer, maintenant, mon adjudant. Faut accepter ce qui s'est passé, avec Junior, avec Lulu. Et faut vivre avec.

— File-moi une autre cigarette. »

Marouane s'exécuta.

« Tenez, mon adjudant.

— M'appelle pas comme ça.

— Je t'emmerde.

— C'est mieux. »

Le soleil achevait de descendre derrière les toits du village.

« C'est joli, comme coin.

— Marouane… »

Il tourna la tête vers Stéphane.

« Merci. »

Stéphane lui tendit une main que Marouane vint serrer entre les deux siennes. Ils se regardèrent longuement dans les yeux. Puis la voix de Romain brisa brusquement le moment : « Chef, mon adjudant, vous devriez venir voir. »

Sans un mot, ils rejoignirent Romain et remontèrent vers le grenier.

Charlier tenait une enveloppe ouverte entre les mains. Le papier était jauni par endroits, taché d'auréoles.

Romain s'accroupit aux pieds du lieutenant et leur montra l'intérieur d'une veste de treillis étalée par terre.

« On était en train de ranger les affaires de Junior dans la cantine. Et en pliant la veste, j'ai senti un truc dans la poche. C'était ça. » Romain désigna du doigt une pièce de tissu cousue grossièrement à hauteur d'une des poches de poitrine. « L'enveloppe était dedans. » Charlier en sortit délicatement un feuillet plié en deux et commença à lire à voix haute.

7 février.

Je suis désolé. Il faut qu'on arrête tout de suite. Sinon ça sera trop tard. Je ne peux pas tout casser dans ma vie comme ça. Ce n'est pas de ta faute. Tu me dirais de m'en foutre et tu aurais raison, mais c'est ma décision.

Je n'oublierai rien, je ne regretterai rien. Et je sais que demain et tous les autres jours l'odeur de la forêt sera toujours associée à l'odeur de ta peau.

J'espère que tu me pardonneras.

Stéphane avait reconnu l'écriture de Lulu. Il se mordit la lèvre inférieure et regarda le lieutenant, comme s'il espérait une autre explication que l'évidence. Charlier se contenta de replier la feuille et de la remettre dans l'enveloppe. Inutile d'ajouter quoi que ce soit.

Dehors, le soleil avait glissé derrière l'horizon.

28
Ailleurs

La compagnie était entassée dans la salle d'embarquement de l'aéroport de Cayenne. On venait d'annoncer que l'avion aurait une heure de retard sans que cela entame la bonne humeur collective. Les soldats tuaient le temps dans un babil joyeux, assis en grappe autour d'un ordinateur, dormant ou lisant, les écouteurs sur les oreilles, ou envoyant des messages pour annoncer leur retour aux copains, à la fiancée qui avait attendu quatre mois, à leur mère aussi. Dans quelques heures, dans quelques jours, ils seraient en permission, avec un peu d'argent pour se faire plaisir. Les vols retour de mission étaient rarement mélancoliques. À travers les baies vitrées du terminal, le soleil du soir projetait de larges rayons de lumière sur les visages.

Lulu était content de rentrer. Il flânait d'un groupe à l'autre en mâchonnant un chewing-gum insipide. Il aurait donné cher pour une cigarette, mais le capitaine avait donné l'ordre de passer la sécurité en avance. On était mûr pour attendre l'arrivée à Paris maintenant, dans une bonne dizaine d'heures.

Il quitta l'un des groupes de soldats hilares qui s'étaient agglutinés autour d'une guitare pour chanter des chants tahitiens et chercha Junior du regard. Il finit par l'apercevoir se dirigeant vers les toilettes au fond de la salle. Il traversa le hall en quelques enjambées et entra dans les toilettes. Junior tourna la tête depuis l'urinoir et lui sourit en le voyant passer la porte. Il avait les yeux fatigués, le groupe était rentré tard la veille et la journée avait été longue, de cérémonie en paperasses, avant de rejoindre l'aéroport.

« Content de rentrer, Lulu ?

— Content, oui, sergent. Surtout pour mon gamin. Il commence à parler.

— Tu m'as dit, oui. »

Junior tira la chasse d'eau et se dirigea vers l'un des lavabos pour se laver les mains. Lulu scrutait la pièce, s'assurant qu'ils étaient seuls. Il sortit nerveusement l'enveloppe de sa poche de pantalon pendant que Junior se séchait les mains, dos à lui.

« Sergent. »

Junior se retourna.

« Quand vous aurez le temps. Je… je préfère qu'y ait pas d'embrouille. »

Junior le regardait dans les yeux avec une expression que Lulu fut incapable de déchiffrer. Il prit l'enveloppe sans décrocher son regard du sien.

« Ah. »

Ils restèrent un temps silencieux.

« Ça… ça changera rien, sergent. Pour le boulot, je veux dire.

— Je sais. Je te connais assez pour savoir ça. » Le sourire de Junior était amer.

Lulu fit un pas en arrière, prêt à quitter la pièce, mais Junior, d'un bond, le devança et bloqua la porte du pied. Il glissa une main sur la nuque de Lulu et l'embrassa furtivement.

La scène ne dura qu'une fraction de seconde. Lorsque Junior éloigna son visage du sien, Lulu, qui s'était laissé faire, vit qu'il avait les yeux brillants. Junior le relâcha, dégagea son pied de la porte et sortit précipitamment.

Lulu recula pour s'adosser contre un mur et reprendre ses esprits.

Quelques secondes plus tard, la porte s'ouvrit à nouveau et trois soldats entrèrent en riant. Dauphel s'arrêta en voyant Lulu debout contre le mur.

« Vous prenez le frais, caporal-chef ? »

Derrière lui, le Wallisien à la guitare, immense, et un jeune d'un autre groupe se dirigeaient vers les urinoirs.

« J'espérais échapper à vos gueules de cons pendant deux minutes, mais faut croire que c'est pas possible. »

Les trois autres rirent.

« On est partout, caporal-chef, vous pouvez pas vous échapper.

— Je sais bien. C'est ça le problème. »

Lulu força un peu son rire et sortit à son tour. La nuit épaisse des climats équatoriaux était tombée d'un seul coup.

Quinze minutes plus tard, Junior vint lui annoncer qu'ils embarquaient.

« Rassemble le groupe. »

Aucune émotion ne transparaissait dans son regard.

29

Ici

Stéphane relisait la lettre en silence. Marouane, assis sur un canapé poussiéreux, les mains dans les poches et la tête basculée en arrière, fixait le plafond. Romain se balançait d'un pied sur l'autre, mal à l'aise. Il finit par se baisser pour ramasser la veste de treillis et la remettre dans la cantine, qu'il ferma d'un geste exagérément délicat.

Charlier se décida à rompre le silence.

« Vous saviez, mon adjudant ? »

Il secoua la tête.

Puis, à Marouane et Romain : « Et vous ? »

Même réponse.

Charlier reprit la lettre des mains de Stéphane et ses yeux parcoururent à nouveau les lignes recouvertes de l'écriture maladroite de Lulu. Il devinait à l'état de la feuille que Junior les avait lui aussi relues plusieurs fois. Le papier était légèrement déchiré le long du pli. Il réfléchit un moment.

« Je suis sûr qu'il est parti en Guyane. »

Personne ne répondit.

« C'est là-bas que ça s'est passé. Tout colle, la date, la forêt. Ses carnets. Je suis sûr.

— Ptet' bien. Mais pour ce que ça peut foutre maintenant, hein », bougonna Marouane.

Il se releva et vint se placer devant la fenêtre, dos à eux.

« Lulu, pédé, j'aurais jamais cru…

— Dites pas ça, chef, fit Trègue. S'il vous plaît.

— Tu veux que je dise quoi, c'est quoi pour toi ? demanda Marouane avec une pointe d'agressivité en se retournant vers lui. Ils se tapaient dedans avec Junior, sous notre nez, et on a rien vu, c'est tout. Je vois pas pourquoi on dirait autre chose.

— Vous êtes pas obligé d'en parler comme ça, intervint Charlier, le visage fermé. Et c'est pas nos affaires de toute façon. Par contre, je maintiens qu'il est là-bas, moi. C'est là-bas qu'il faut aller le chercher. »

Marouane haussa les épaules.

« Non mais mon lieutenant, je m'en fous, moi, de ses histoires de cul à Lulu. Il fait bien ce qu'il veut tant que c'est pas avec moi. Mais on va pas aller en Guyane à cause d'un PQ gribouillé planqué dans sa veste, si ? Faudrait être sûr, parce que vous y avez jamais foutu les pieds, mais c'est grand la Guyane. »

Stéphane sortit de sa torpeur, d'une voix plus forte qu'il l'aurait souhaité.

« On va pas aller en Guyane, ça suffit. Il nous a assez fait courir comme ça. »

Charlier le fixa, incrédule.

« Vous êtes sérieux, mon adjudant ? »

Stéphane soutint son regard.

« Très sérieux, oui.

— Alors c'est fini, on s'arrête là ? On a traversé toute la France et retourné la moitié de la forêt autour de chez lui avec zéro idée, que dalle, et maintenant qu'on a une piste, on lâche l'affaire ? »

Stéphane rougit.

« Non mais vous êtes pas bien, vous. En Guyane ? Vous voulez aller le chercher en Guyane ? Bordel c'est à huit mille bornes d'ici ! »

Charlier ne cillait pas. Stéphane, enhardi, sentant le sang battre dans ses tempes, haussa encore le ton.

« En Guyane pour une histoire de cul. J'en reviens pas. J'ai passé vingt ans avec ce connard et j'ai rien vu. Et il faudrait qu'on aille le chercher, en plus ? Et comment on s'y prend ? Et s'il veut pas revenir ? Non, c'est mort, on prévient les flics et ils se démerdent.

— Je pensais que c'était important pour vous, répondit Charlier. Ça l'est pour moi, en tout cas.

— Vous allez traverser l'Atlantique pour ça ? Vous allez vraiment traquer un mec qui se remet pas de la mort de son… de son *petit copain* ?

— Ah, parce que c'est ça, en fait, le problème ? C'est en dessous de vos standards ?

— Mes standards ? Mais on s'en fout pas mal de mes standards, mon lieutenant ! On s'en fout pas mal que ce soit une histoire de cul ! C'est l'égoïsme du truc qui me débecte ! Il a pensé qu'à sa gueule ! Je vais vous dire, moi, mon lieutenant, Marouane a raison. Lulu, c'est un lâche. Il a toujours fui quand ça devenait trop compliqué. C'est pour ça qu'il a continué à rigoler avec les autres connards qui insultaient Marouane. C'est pour ça qu'il a jamais voulu passer sergent. C'est pour ça qu'il est resté dans la même compagnie toute sa putain de vie. Une femme, un gosse, son boulot, rien à foutre, il s'est barré quand même. Parce qu'il a pensé qu'à sa gueule.

— Alors le coup d'on laisse tomber personne, on abandonne pas un frère d'armes, c'est du vent depuis le début, c'est ça ? On laisse tomber personne sauf s'il est pédé ? Sauf si c'est un lâche ? Un mec que vous connaissez depuis vingt ans ? »

Charlier hurlait à présent. Stéphane sortit de ses gonds.

« Me parlez pas comme ça, mon lieutenant. Vous en savez rien. Vous avez aucune idée de ce par quoi on est passés. Vous savez que dalle, j'ai pas de leçons à recevoir de vous.

— Je vous emmerde, mon adjudant. J'en sais bien assez. Et pour Lulu, je sais qu'il est de ma section, qu'il a une femme et un fils qui ont besoin de lui et le reste je m'en cogne. »

Charlier glissa la lettre dans la poche de sa chemise en se sentant résolument déterminé, comme on peut l'être lorsque l'on prend conscience de sa force au fil des mots que l'on prononce. Pour la première fois de sa vie, peut-être, il était sûr de lui. Absolument sûr.

« Junior est mort. Ce qui s'est passé est enterré avec lui. Et si vous pouvez pas le comprendre ou pas l'avaler, tant pis pour vous. Je me démerderai, je suis pas plus con que vous, jusqu'à preuve du contraire. »

Romain, qui n'avait pas bougé durant toute la scène, semblait vouloir dire quelque chose, ou du moins éteindre, d'un mot ou d'un geste, la tension dans la pièce. Mais il fut rattrapé par cette impression tenace d'être illégitime et baissa les yeux. Charlier reprit, d'une voix apaisée : « Maintenant, on va remercier les parents de Junior et leur dire au revoir. Une fois qu'on aura passé la porte, vous ferez ce que vous voulez. Je vous demande même pas de me ramener, j'irai choper un train quelque part. »

Marouane secoua la tête.

« Mon lieutenant… »

Mon lieutenang'.

« Je vous aiderai, si je peux. Je suis désolé. »

Charlier ne répondit pas.

Ils éteignirent la lumière derrière eux et redescendirent. Le père de Junior leur demanda s'ils avaient trouvé quelque chose. Sans qu'ils aient à se concerter, Charlier affirma que non, qu'ils allaient rentrer et ne plus les embêter. Le père n'insista pas, mais leur proposa tout de même de rester pour le dîner. Ils refusèrent poliment.

Ils s'attardèrent quelques minutes sur le seuil de la porte au moment du départ. Les parents de Junior les remercièrent d'être venus. La mère, qui semblait avoir retrouvé quelques couleurs sur les joues, leur dit un peu gauchement que Junior les appréciait beaucoup et qu'elle était heureuse de les avoir rencontrés. Marouane aurait voulu dire, lui aussi, combien Junior l'avait marqué, mais il ne trouvait pas les mots. À la place, il se lança dans une anecdote de camp de manœuvre, de celles que les militaires dégainent sans trop y penser. Charlier ajouta les quelques mots polis adéquats à la situation. La conversation piétinait. Stéphane profita d'un silence appuyé pour grommeler un « bon ». Ils saisirent le signal et échangèrent une vigoureuse poignée de main avec le père avant une embrassade un peu trop longue de la mère.

« J'espère que vous retrouverez votre Lulu, dit-elle à Charlier en le fixant d'un œil brillant. Il a de la famille ?

— Une femme et un enfant, madame.

— C'est important. C'est l'amour qui fait tout. Le reste, on en revient. On s'en remet. »

Charlier hocha la tête. Il pensa à Élise, bêtement.

« Vous savez, mon fils était amoureux. Il me l'a dit avant de repartir. Avant sa mort. Je n'avais pas insisté sur le coup, il avait toujours été très discret sur le sujet. Je le regrette aujourd'hui. J'aurais aimé savoir avec qui je le partageais. »

Stéphane poussa un soupir.

« Donnez-lui, mon lieutenant. »

Charlier sortit la lettre de sa poche.

« On a trouvé ça dans les affaires de votre fils. Ça… ça répondra en partie à vos questions. »

Elle prit l'enveloppe sans un mot. Le père de Junior mit doucement la main sur l'épaule de sa femme. Charlier battit en retraite, lentement.

« Merci encore.

— Merci à vous. Bonne route. »

Une minute plus tard, ils passaient devant la petite église, devinant les pierres tombales du cimetière derrière le mur. Marouane ralentit et se gara sur le bord de la route. Il coupa le contact.

« Qu'est-ce que tu fous ?

— J'ai un coup de fil à passer, mon adjudant. J'en ai pour deux minutes. »

Il sortit de la voiture avant que Stéphane ait le temps de répondre.

Charlier observait le monument aux morts, au milieu de la petite place. L'unique lampadaire allumé ne lui permettait pas de distinguer les noms. Il sortit à son tour et se dirigea vers le portillon qui menait au cimetière.

« Il l'a fait exprès, ce connard », s'agaça Stéphane.

Il se tourna vers Trègue, figé, mais dont les yeux allaient de l'un à l'autre.

« Arrête de jamais savoir quoi foutre, toi aussi, tu m'énerves. Allez, on y va. »

Ils rejoignirent le lieutenant dans la pénombre.

30

Ici

Le portillon était verrouillé, le cimetière plongé dans l'obscurité, mais Junior était là, quelque part. Trègue jeta un regard complice à l'adjudant pour lui proposer de passer par-dessus le mur, Stéphane lui opposa une moue agacée. Charlier, sans faire attention à eux, partit vers le monument aux morts au milieu de la place. Les deux autres suivirent.

Le monument était un obélisque de granit qu'une centaine d'hivers avait poli comme un galet et à côté duquel se dressait une statue grise. Elle représentait une femme portant une coiffe bretonne, les mains jointes en prière, les yeux baissés. Les intempéries avaient creusé des rides sur son visage et accentué la déformation de ses traits. Sa douleur n'avait plus d'âge. Sur l'obélisque, les noms des morts des deux guerres mondiales étaient gravés en lettres blanches, longue litanie des soldats engloutis dans les fournaises de l'histoire comme on en trouve dans tous les villages de France. Tout en bas, on avait scellé une plaque de marbre dont l'éclat jurait avec l'ensemble. Le nom de Junior y avait été inscrit en lettres d'or trop brillantes, suivi de la mention « Mort pour la France ». L'hommage était maladroit, presque forcé. Charlier s'imaginait la cérémonie avec le discours du maire, à l'étroit dans un costume démodé, la délégation d'anciens combattants portant leurs drapeaux, les gamins d'une classe de primaire s'efforçant de prendre un air solennel en pensant au goûter qui serait servi après dans la salle des fêtes. Peut-être aussi une délégation du régiment venue déposer une gerbe, six ou sept mecs de la compagnie dont la moitié seraient des jeunes fraîchement débarqués se demandant ce qu'ils faisaient là. Les parents de Junior, à l'écart, venus presque à regret, recroquevillés dans des manteaux sombres. Ce monument n'était pas pour eux : leur deuil s'écrivait dans le noir, derrière le portillon verrouillé du cimetière, sur une pierre tombale alignée au milieu des autres. Elle n'avait pas la présence imposante d'une plaque de marbre sur un obélisque, mais au moins elle leur appartenait.

Marouane vint les rejoindre. Pendant un instant, ils se tinrent en ligne, immobiles face à cet étrange monument, remplis de l'absence de Junior, comme s'ils attendaient les roulements de tambour annonçant la sonnerie aux morts. Stéphane aurait voulu parler. Il cherchait les mots pour demander pardon, pour demander la permission de partir, pour arrêter de chasser des fantômes au travers des nuits où il ne dormait plus. Il ne trouva rien. Il réprima à grand-peine une envie de saluer qui eût été ridicule et fit demi-tour vers la voiture. Marouane le rejoignit peu après, suivi des deux autres. Il lui tendit une cigarette, en offrit une autre à Trègue et même au lieutenant, qui la refusa. Ils fumèrent en silence dans la rue éclairée par le seul lampadaire de la place. Derrière les vitres des maisons, on devinait la lumière calme des vies ordinaires. L'air du soir sentait la pluie.

« Mon lieutenant ? Vous voulez toujours aller en Guyane ? » demanda Marouane.

Charlier acquiesça.

« Alors j'ai un plan pour vous. »

Marouane tira une bouffée de sa cigarette avant de poursuivre.

« J'ai un cousin dans l'armée de l'air qui s'occupe du transit des avions militaires pour les relèves des missions. Coup de bol, il y a un départ pour la Guyane demain matin, à Orly. Une compagnie du génie. Il reste de la place dans l'avion. Il m'a dit qu'il pouvait nous faire embarquer. »

Stéphane eut un ricanement mauvais.

« Quoi, comme ça ? C'est des conneries. Sans une désignation officielle, vous passerez même pas le comptoir d'enregistrement.

— Mon adjudant, je vous jure que c'est ce qu'il m'a dit. Paraît que les pilotes le font tout le temps quand ils sont en perms et qu'ils veulent aller faire un tour dans les îles. Il nous rajoute sur le manifeste passager en douce, et c'est parti. Pareil pour le vol retour, enfin si on reste que quelques jours, quoi.

— Et il ferait ça pour vous ?

— On revient de loin, lui et moi, mon lieutenant. »

Charlier vit l'opportunité à saisir, vite, avant que Stéphane proteste.

« Banco. J'irai en stop s'il le faut. Vous pouvez me déposer au prochain péage.

— Je viens avec vous, mon lieutenant. »

Trègue était enfin sorti de la léthargie qui l'habitait depuis la lecture de la lettre et la violente dispute dans le grenier des parents de Junior. Charlier le regarda, soulagé. C'était peut-être possible, alors.

« C'est mon adjoint, après tout.

— Il aura deux places, votre cousin, chef ?

— Il m'a pas donné de nombre. Juste qu'il avait de la place. Et j'espère qu'il en a au moins trois, parce que je viens aussi. »

Charlier eut un moment de doute.

« Le capitaine ?

— Le capitaine va nous défoncer. Mais si on le fait pas, alors à quoi ça sert d'être des frères d'armes, comme vous dites, mon lieutenant ? Et puis, c'est lui qui m'a demandé de vous emmener quand on est partis chercher Lulu. C'est ma mission, à la base, d'aller retrouver ce con.

— Je pensais à vous, à votre carrière.

— Merde à ma carrière, mon lieutenant. Pour ce qu'il en reste de toute façon. Mais la vôtre ?

— Merde aussi. On verra bien. »

Marouane, sourire aux lèvres, se tourna vers l'adjudant, l'œil interrogatif.

« Vous faites chier, tous. À quelle heure il est, ce putain d'avion ?

— Faut qu'on soit à l'aéroport avant cinq heures demain matin, mon adjudant. Si on se relaie au volant, ça devrait le faire.

— Et merde. »

Stéphane ouvrit la portière de la voiture. Ils comprirent le signal.

Sur le trajet, Charlier envoya un message au capitaine pour lui rendre compte qu'ils ne seraient pas de retour au régiment le lendemain matin. Il ne donna pas davantage de détails et ignora les appels qui s'ensuivirent. Au bout de trois messages sur le répondeur, le vieux finit par renoncer. Charlier avait fait ce qu'il avait à faire. Il se passerait ensuite ce qui devrait se passer.

Ils filèrent sur l'autoroute déserte battue par la pluie. À un moment, le regard de Charlier attrapa celui de Stéphane dans le rétroviseur. Peut-être aurait-il pu en profiter pour lui dire merci. Stéphane lui aurait sûrement répondu qu'il ne le faisait pas pour lui, mais pour Lulu et pour Junior. En vérité, c'était surtout pour lui-même que Stéphane avait accepté. Lulu, Junior et Stéphane étaient acteurs de la même tragédie. Le ressasser à voix haute était inutile. Parfois, les vieux soldats ne parlent pas parce qu'il n'y a rien à dire, parce que les conversations sont déjà écrites et que tout le monde en connaît la fin. Parce qu'il faut être économe de ses épanchements quand on espère durer dans le métier de la guerre. Charlier qui ignorait encore tout cela essaya de déchiffrer le regard de Stéphane. En vain.

Il ferma les yeux et somnola. Quand il les rouvrit, les lumières extérieures l'aveuglèrent un instant. La voiture approchait de l'aéroport.

31

Ailleurs

Tous les jours, après avoir rangé et nettoyé la petite dizaine de chambres de l'auberge, Lulu se rendait sur les bords du fleuve à la sortie du village. En chemin, il lui arrivait de distinguer le rugissement caractéristique des moteurs de camions militaires ou celui, plus criard, de la voiture de patrouille des gendarmes. Il quittait alors le sentier et restait tapi dans l'ombre le temps qu'ils passent. Dans ce recoin du monde, il n'avait pas grand-chose à craindre de sa désertion – puisqu'il fallait bien se résoudre à l'appeler ainsi – mais il ne tenait pas à se faire remarquer. Arrivé sur les berges, il s'installait sous un arbre ou sous un bout de tôle dépassant d'un toit et regardait le ballet des pirogues sur le flot boueux du Maroni, immobile comme un lézard, jusqu'à ce que la soif le tire de son hébétude. Il repartait ensuite vers l'auberge pour le service du soir.

Il ne savait pas comment il était arrivé jusqu'ici. Ou plus exactement, il ne savait pas ce qui l'y avait poussé.

Il se souvenait du soir de son départ : il était allé se coucher, s'était endormi sans trop de difficultés, s'était réveillé une poignée d'heures plus tard, Aurélie respirant paisiblement à côté de lui. Il n'avait pas eu de sursaut, pas de cauchemar, pas de prise de conscience soudaine. Il y avait juste eu l'évidence dans l'enchaînement des gestes comme lorsque l'on remonte une arme, une détermination froide à mettre un pied devant l'autre. Il s'était levé et habillé, puis il était sorti de la chambre sans embrasser sa femme, sans rien prendre de plus que les vêtements qu'il avait posés sur la chaise la veille. Il n'avait pas ouvert la porte de la chambre du petit pour le regarder dormir, pas pris de clés, il était sorti de chez lui et avait commencé à marcher, hypnotisé. Il avait rejoint le centre-ville par la route, dans le noir complet des nuits d'hiver sans lune. Il avait pris un billet de train à la borne automatique de la petite gare, avait attendu, l'esprit vide. D'étape en étape, il était arrivé à Paris, puis à l'aéroport, et avait acheté, en liquide, un aller simple pour Cayenne. Là, assis dans le terminal, il avait pensé à son fils. Une seconde. Puis son vol avait été appelé et il avait embarqué.

À Cayenne, il avait utilisé le peu de liquidités qui lui restait pour prendre le minuscule avion local pour Maripasoula. Le propriétaire d'une des deux auberges de la ville était un ancien militaire tombé amoureux du pays, comme d'autres avant lui, comme d'autres depuis. Il avait accepté de prendre Lulu comme aide, sans lui poser de questions et sans rien lui promettre de plus qu'un toit pour la nuit, les repas, et de l'argent de poche si la semaine était bonne. Lulu n'était pas différent de ses clients habituels, les fuyards, les aventuriers, les paumés qui posaient leur sac quelques jours, intimidés à l'idée de s'enfoncer dans la forêt plus au sud, pas certains d'avoir la force d'en ressortir un jour. Il n'était pas le premier, il ne serait pas le dernier, et il y avait toujours un coup de balai à passer ou du linge à laver. Lulu était plongé dans une torpeur cotonneuse qui ne s'estompait que lorsqu'il accomplissait ses tâches quotidiennes dans le monde des vivants. L'espace de quelques heures, il parvenait à se concentrer, efficace, professionnel dans les gestes les plus anodins.

De temps en temps, voyant un gamin presque nu courir, ses pieds soulevant la poussière, à la poursuite d'un ballon, d'une poule ou d'un vieux chien bâtard couvert de tiques, il pensait à son fils et à Aurélie. Puis il les chassait de son esprit comme on balaie du pied un dessin tracé dans le sable.

Il pensait aussi à la section, au chef, au lieutenant, à la compagnie. Il revivait en songe les longues heures passées à transpirer sur des layons taillés dans l'épaisseur moite de la forêt, à rechercher des sites d'extraction désertés avant leur arrivée, à fouiller des recoins de la jungle en quête de fûts de carburant, de colis de vivres, d'un quad, d'un moteur de pirogue. Le feu qu'ils mettaient aux abris, les coups de machette pour briser les tables de levée, le sol lessivé par l'eau des motopompes et pollué au mercure. Il se remémorait la fatigue aiguë du soir, les bruits de la forêt, le balancement du hamac et le sommeil massif qui l'assommait. Lulu voyait les soldats partir en patrouille depuis la rive du fleuve, et ses souvenirs se mélangeaient aux visages qu'il devinait.

Il ne savait pas quel régiment était stationné dans le secteur et il s'en foutait. De loin, sous leurs chapeaux de brousse et engoncés dans leurs gilets de sauvetage, les soldats se ressemblaient tous.

Surtout, il pensait à Junior. Il avait essayé de se mentir, au début, de se dire qu'il avait juste besoin de s'éloigner quelques jours, quelques semaines tout au plus, que la Guyane valait bien un autre recoin du monde, qu'au moins on y parlait français et qu'il trouverait bien quelque chose à y faire, mais cela n'avait pas duré. Au cours de ses après-midi de torpeur, il se maudissait de ne pas savoir pourquoi il était venu jusqu'ici. Il aurait aimé avoir le courage d'aller sur le poste, à une heure ou deux de pirogue, où il s'était passé ce qui s'était passé. Mais à quoi bon ? Junior était mort, et lui trop vieux, trop lâche, trop faible. Il était encore relié aux fils de la vraie vie. Il n'était pas prêt à s'enfoncer dans la jungle. Mais il percevait son appel.

Il n'avait pas honte de leur histoire, d'ailleurs il n'avait jamais eu honte de rien. La honte était un sentiment qu'il laissait volontiers à ceux qui étaient suffisamment conscients d'eux-mêmes pour le ressentir. Il avait toujours pris la vie comme une succession de réactions à un environnement qu'il ne maîtrisait pas et avait rapidement renoncé à comprendre. Non qu'il fût idiot ou naïf, mais il s'était résolu au fil des années à construire une carapace autour de lui. Comment pouvait-il vivre autrement ? Comment accepter les choses qu'il avait vues ou entendues ? Les fosses communes en Afrique, où il aurait fallu être aveugle pour ne pas voir que certains des cadavres avaient été mangés ? Les fillettes défigurées à l'acide sur le chemin de l'école, en Afghanistan et ailleurs ? Les villages incendiés, les femmes violées, les vieux tabassés dans les Balkans ? Les excisions, les lynchages, les mariages forcés, les assassinats odieux, les pièges ? Les vieilles haines mâtinées de rancœurs religieuses, politiques, coloniales, raciales, qui refaisaient surface année après année et au milieu desquelles on les envoyait, lui et les autres, éteindre le feu, au risque d'en allumer un autre ? Chercher du sens était au-dessus de ses forces. Il s'était concentré sur lui-même, sur le groupe, sur la section. Le sens, il le laissait au capitaine, peut-être à l'adjudant. Lui se contentait de faire son travail, et de le faire bien. Il se sentait utile, il sentait que son service, désintéressé, désincarné, avait de la valeur. Il croyait modestement en ces différences que chacun peut faire à son niveau, par petites touches. C'était le seul moyen de tenir. Servir était le point fixe de sa vie, jusqu'à ce qu'Aurélie, puis Mathis, puis Junior viennent y semer un peu de chaos.

Il se disait parfois que sans sa femme et son fils, il ne se serait jamais rien passé avec Junior. Il aurait continué à fonctionner en automate, efficace et froid, se cantonnant à ses vieux carnets pour évacuer tout sentiment susceptible de menacer son équilibre intérieur. Les émotions qui passaient au travers des fentes de son armure, il les purgeait en une phrase ou deux. Il était immunisé contre tout le reste.

Junior était d'un autre bois. Lulu le respectait parce qu'il était meilleur soldat que lui ne le serait jamais. Il l'avait compris tout de suite. Le sergent n'avait pas de carapace face au monde, il prenait tout, acceptait tout, enregistrait tout et utilisait les horreurs quotidiennes pour nourrir son énergie. Il était sans cesse en mouvement. Il n'avait pas peur de se mettre en colère, pas peur de se tromper, pas peur de se faire engueuler. Il était imperméable lui aussi, au fond, à sa manière qui n'était pas celle de Lulu.

Oui, il l'avait aimé. Sans se l'avouer, sans savoir le formuler. Sans que cela lui fît oublier qu'il était aussi mari et père, dans la vraie vie, loin de la forêt. Il l'avait accepté, après avoir réagi comme il réagissait avec tout le reste : on met ça dans un coin, on enterre et on oublie, on rentre, il y a du boulot. Il lui avait écrit un mot de rupture comme à l'époque des amours de collège. Il ne s'était plus rien passé entre eux après ça, puis Junior était mort. Bien plus tard, Lulu avait craint de lui avoir brisé le cœur avec cette foutue lettre. Peut-être était-ce cette crainte qui l'avait mis en route vers ce bout du monde dans lequel les gens ne s'aventurent jamais par accident. Là où les routes s'arrêtent.

Lulu était persuadé qu'il finirait par rentrer chez lui. Mais chaque heure passée sur son bord de fleuve rendait l'image de sa femme et de son fils plus floue et l'appel de la forêt plus pressant. Il avait jeté son téléphone avant de monter dans l'avion. Il attendait d'avoir le courage de faire quelque chose. Et surtout de comprendre ce qu'il voulait faire. Pour tuer le temps, il regardait le fleuve et le rivage opposé, recouvert de cette forêt insondable et hypnotique qui bouchait l'horizon. Lulu était patient jusque dans ses errances.

32

Ici

À Orly, ils s'enregistrèrent sans difficulté. Ils avaient suivi Marouane qui, au culot, était allé se présenter au comptoir tenu par un sergent de l'armée de l'air. Le type les avait regardés d'un œil suspect, mais leurs quatre noms figuraient bien sur le manifeste passager. Tout était en règle. Ils récupérèrent leurs cartes d'embarquement puis s'empressèrent de passer les contrôles de sécurité, comme pour conjurer le sort. Une fois assis dans l'immense hall, Marouane laissa échapper un soupir de soulagement discret, que Charlier remarqua. Il se dit qu'il ne devait pas avoir tellement confiance en son cousin tout compte fait.

Ils étaient très en avance et une bonne heure s'écoula avant que les autres passagers emplissent le hall. Des soldats en treillis, par groupes de cinq ou six, s'adonnant à l'habituel manège d'une compagnie sur le départ, et qui prenaient l'air blasé des baroudeurs. Charlier les observa longuement. Des gamins pour la plupart, pas si différents de ceux de sa section. Il reconnaissait l'insigne du génie sur le béret, mais impossible de déchiffrer l'écusson de tissu sur les épaules, en dehors d'une silhouette de loup ou de panthère. Il cherchait un visage connu lorsqu'il vit arriver trois lieutenants. L'un d'entre eux jetait des regards inquiets autour de lui, raide et nerveux comme ceux qui veulent trop bien faire. Sans doute sorti de l'école quelques mois plus tôt, lui aussi. Charlier se dit qu'il devait lui ressembler. À travers les grandes baies vitrées, le jour se levait enfin, paresseusement, sous un ciel bas. Il pensa à Élise et retint son envie de sortir son téléphone. Elle non plus n'avait pas écrit.

Il ne connaissait pas la Guyane et n'avait pas imaginé y aller dans de telles circonstances. Mais il était sûr de lui, assez pour faire taire les inquiétudes qui se bousculaient dans sa tête. Il était tôt, mais le capitaine allait bientôt le rappeler. Il espérait avoir embarqué avant, pour ne pas être tenté de répondre. Ils étaient si proches du but.

La Guyane était chargée d'une aura de légende. Les caporaux de sa section en parlaient en exagérant les détails pour impressionner les plus jeunes. La forêt qui vous mange, dans laquelle on se perd en allant pisser si l'on n'y prend pas garde, les bestioles, la boue, la chaleur. Il s'efforçait de deviner les couleurs et les odeurs en recoupant les souvenirs des films qu'il avait pu voir, mais les images qu'il formait dans sa tête n'avaient aucune consistance, elles se dissipaient comme de la fumée dès qu'il s'attardait sur un détail, l'écorce d'un tronc d'arbre, la densité des feuilles de palme. Il ignorait tout de la moiteur étouffante, des bruits, de l'âme étrange qui venait mordre les berges des criques et enfermait la lumière sous les arbres. L'impression tenace d'un monde habité et hostile à leur présence qui attirait les aventuriers, les solitaires et les égarés.

Pour la première fois de sa vie, il avait vraiment l'impression de se mettre en route et se demanda si le départ en mission lui ferait le même effet d'immensité inéluctable. Il envisagea que le capitaine pourrait lui retirer le commandement de sa section au retour mais balaya aussitôt cette pensée. Cela n'arriverait pas. Il allait finir par savoir. Mathilde lui avait dit. Aurélie. Et Élise aussi, à sa façon. C'était inéluctable, comme cousu dans la poche de sa veste : il deviendrait comme eux. Un jour, les départs se chargeraient d'un silence fatigué, d'une détermination un brin fataliste. Un jour, il arrêterait de parler. Puis de rêver. Puis de dormir.

Il était peut-être temps de faire demi-tour avant d'aller se perdre à la poursuite d'un fantôme – son premier. Il sortit son téléphone de sa poche. Il était à peine sept heures du matin. Élise devait dormir. Elle ne comprendrait pas. On tombe toujours mal quand on a quelque chose d'important et de difficile à dire. Il hésitait encore lorsque les haut-parleurs de l'aéroport annoncèrent le début d'embarquement pour leur vol.

Il secoua Romain du pied pour le réveiller. Ils embarquèrent, chacun rejoignit son siège. Charlier se retrouva en queue d'avion, derrière une bande de Tahitiens hilares qui avaient réussi à s'acheter une bouteille à la barbe de leurs sergents. L'avion avait à peine commencé à rouler vers la piste quand il sombra dans un sommeil profond. « On verra bien », pensa-t-il, avant le noir.

33

Ailleurs

Stéphane n'avait jamais aimé ce pays. Son dernier séjour avait trop le goût des responsabilités, des missions à préparer et à conduire pour qu'il ait pu prendre le temps de se laisser happer par la beauté de la forêt. Il lui avait fallu les carnets de Lulu pour qu'il prenne conscience qu'il avait peut-être raté quelque chose. Mais lorsqu'il sortit du terminal climatisé de l'aéroport de Cayenne et que l'air brûlant le gifla au visage, il ne put s'empêcher d'afficher le sourire de celui qui renoue avec une sensation familière. Le soleil frappait les toits de tôle d'une chaleur insolente ; l'humidité donnait l'impression de se mouvoir dans de la poix.

Les bonnes grâces du cousin de Marouane s'arrêtaient à Cayenne, avec la vague promesse d'un vol retour quatre jours plus tard. Ils avaient peu de temps : Charlier acheta les billets du coucou pour Maripasoula. Lulu était forcément là-bas. Stéphane regretta de ne pas pouvoir faire le trajet en pirogue depuis Saint-Jean. La lente remontée du fleuve entre les berges sombres nappées de brume et parfois interrompues par un empilement de baraques de tôle, le ronronnement monotone du moteur, l'érosion de la civilisation à mesure que les routes se terminaient dans un cul-de-sac boueux mangé par les arbres lui auraient permis de faire le vide dans ce qu'il ressentait. Mais il fallait compter deux jours, et il n'en disposait pas.

Il se dit qu'il aimerait bien revenir chasser ou se promener un jour dans ce coin avec son fils. Ils pourraient se parler ou, mieux, ne pas se parler et apprécier en silence la magie de l'endroit. La Guyane était un territoire vivant dont les membres semblaient s'éveiller davantage à chaque mètre s'éloignant du monde habité. Il était sûr que le magnétisme de la forêt plairait à Guillaume. Ils n'étaient pas très proches, mais lorsqu'ils faisaient quelque chose tous les deux, même une tâche sans intérêt, allumer un barbecue ou rentrer du bois pour la cheminée, ils partageaient cette complicité faite de peu de mots, cette capacité à travailler ensemble dans une harmonie de gestes, celle qui irritait Mathilde parce qu'elle lui rappelait leur gémellité silencieuse et obstinée. Elle lui avait dit un soir que son fils finirait par briser le cœur d'une gentille fille comme elle à s'enfoncer dans le mystère et à ne jamais rien dire de ses tourments. Il lui avait répondu qu'elle n'était pas une fille gentille. Ils avaient ri. Parfois il faut savoir accepter ce que l'on ne peut pas changer.

Il voulut envoyer un message à Guillaume, puis un autre à Mathilde, mais se ravisa. Stéphane n'était pas du genre à écrire qu'il les aimait. Ses gros doigts auraient glissé sur les touches pour composer des mots maladroits qui seraient tombés à côté. Guillaume et Mathilde n'auraient pas compris. Se seraient inquiétés.

Le vol pour Maripasoula fut appelé pour l'embarquement quelques minutes plus tard. Ils repassèrent la sécurité et rejoignirent les passagers : quelques femmes aux vêtements chamarrés et deux Amérindiens au visage buriné. L'un d'eux portait un carton percé de trous, au travers desquels on devinait la silhouette gracile d'un iguane. À pied, ils traversèrent la piste brûlante pour rejoindre l'appareil, un coucou à hélices comptant une douzaine de sièges – un minibus.

Leur avion s'élança au-dessus de la ville. Bientôt ce fut la forêt, à perte de vue. Stéphane songea aux histoires qui se murmuraient en contemplant le défilé monotone des cimes, à peine interrompu par les stries brunes des rivières et des criques. Des histoires dans lesquelles se croisaient des aventuriers, des amoureux éconduits, des nostalgiques d'un paradis perdu qui décidaient de tout plaquer, en quête de plénitude ou de repos dans les profondeurs de la forêt. Ceux qui ne revenaient pas, qui finissaient mangés par la vermine ou par les animaux sauvages, écrasés sous un arbre ou noyés dans une crique au courant trompeur. Quoi qu'il en soit, on n'entendait plus jamais parler d'eux. Il n'y avait pas de tribus arumbayas vivant dans le secret comme dans les albums de *Tintin*. Pas d'eldorado ni de cité interdite. Pas de trésor. Les satellites avaient levé depuis longtemps les mystères : après la fin des routes, il n'y avait plus que l'immensité de la jungle. Des endroits où se perdre, se dissoudre, disparaître.

Il n'avait pas eu besoin de le dire aux autres. Lulu n'avait jamais été aussi proche, mais s'il avait choisi de marcher droit devant lui, jamais personne ne pourrait le retrouver.

Autour de lui, ses compagnons somnolaient dans le bercement des hélices. Il les imita. Une seconde après, il sentit l'appareil entamer sa descente vers Maripasoula, dernière ville, dernier jalon.

34

Là-bas

Le pilote du blindé de Stéphane freina d'un coup sec dans la seconde qui suivit la détonation. L'engin dérapa et vint heurter un muret de boue séchée qui s'effondra sous le choc. Immédiatement, des balles percutèrent le blindage du véhicule – quatre ou cinq, en succession de notes rapides.

Stéphane regarda dans ses épiscopes, cherchant à distinguer l'ampleur des dégâts causés par la détonation devant eux. On ne voyait rien. C'était un IED, évidemment, avec une embuscade derrière. Il entendit la tourelle de son engin riposter au-dessus de lui, le grondement sourd des obus de vingt-cinq millimètres partant dans la direction de l'ennemi. *Doum-doum-doum-doum-doum*, suivi par l'odeur âcre de la cordite dans la casemate. C'était rassurant, trop rassurant : il fallait réagir, ne pas se croire en sécurité sous l'épaisse couche de blindage. Il rugit dans son casque radio : « contact, contact », puis ordonna au groupe de débarquer. Le sergent, derrière, actionna le bouton commandant la rampe de l'engin.

« Pour le groupe, débarquez, ralliement à trois heures, face midi ! »

Les soldats se ruèrent à l'extérieur, venant se tasser à l'abri de la caisse de l'engin sur le côté. Derrière eux, une première détonation retentit. Une deuxième. Une brève pluie de gravier s'abattit sur les casques.

« Roquettes », remarqua le radio. Stéphane nota que sa voix était étonnamment calme. Au-dessus d'eux, la tourelle tirait encore. Le sergent – mots simples, clairs, travaillés, pas une once de panique – donna les ordres à ses deux équipes. « Toi, tu gardes la liaison avec l'avant. Vous deux, sûreté arrière, avec la mitrailleuse, qu'on se fasse pas contourner. Toi et toi, guidez les tirs de la tourelle. » Puis il se tourna vers Stéphane, attendant l'ordre. L'essentiel, se mettre en sécurité, se prémunir contre un tir direct sur la caisse de l'engin, était fait. C'était à l'adjudant de prendre le relais.

« Faut que je voie devant s'il y a du dégât. En attendant, fixe ceux que tu peux. Ne les laisse pas manœuvrer. »

Le sergent hocha la tête.

Derrière, les deux autres véhicules de la section étaient à peine à l'entrée du village. Stéphane vit les groupes jaillir des engins, cherchant à se protéger d'abord, puis, très vite, à identifier des cibles. Les tourelles tournaient lentement en direction des tirs, leurs canons braqués vers la moindre anfractuosité de rocher, le moindre angle de mur. Des engins de mort, menaçants, formidables, minutieux. Stéphane donna un ordre à la radio, à destination de Marouane, en fin de colonne.

« Trente-cinq. Attends avant de t'engager dans le village. Je te donnerai l'ordre.

— Trente-cinq, reçu. »

Il avisa le véhicule de Junior, une cinquantaine de mètres devant lui, maintenant que le nuage de poussière et de fumée se dissipait. Les pneus étaient déchiquetés par les éclats ou par le souffle de l'explosion. Le reste du véhicule semblait intact. L'IED avait mal fonctionné, ou il avait été déclenché trop tard. Mais ce retard avait probablement sauvé la vie du groupe. La rampe arrière était ouverte. Il finit par voir Junior, derrière un muret, agiter la main dans sa direction, pouce en l'air, comme si tout était normal. Stéphane devina la silhouette de Lulu un peu plus loin, qui attachait maladroitement la mentonnière de son casque en faisant des gestes énergiques de sa main libre. Les fusils du groupe se levèrent et commencèrent à riposter.

Réfléchir. Vite.

Le radio vint taper sur l'épaule de Stéphane.

« C'est le capitaine, mon adjudant.

— Tu lui dis d'attendre.

— Reçu. » Le radio cria dans son combiné, en se bouchant l'autre oreille de sa main libre. « Trente, au contact, attendez, terminé. »

La situation se matérialisait dans son esprit. Un élément ennemi, devant, au contact avec Junior. Un autre à sa hauteur. Derrière eux, Marouane avec l'autre moitié de la section, à l'entrée du village. En priorité : aller récupérer ses deux groupes de combat derrière lui. Se débarrasser du contact au milieu, manœuvrer rapidement avant qu'une nouvelle salve de roquettes tombe, et cette fois au mauvais endroit. Stéphane était séparé des deux autres blindés par une centaine de mètres en terrain ouvert. Il lança au radio : « Chaud pour un sprint ? »

Chaud. Malgré ses grands yeux ouverts remplis de peur, d'adrénaline et de détermination.

Stéphane se rapprocha du sergent.

« Je vais aller rejoindre les deux autres groupes derrière. On va manœuvrer par la gauche et tenter de les pousser vers le nord du village. J'ai besoin d'un tir d'appui pour faire baisser les têtes.

— Donnez-moi dix secondes, mon adjudant.

— Attends mon signal. »

Stéphane se retourna vers le radio et se saisit du combiné pour rendre compte au capitaine. Il exposa son plan en quelques secondes. Le capitaine lui répondit qu'une patrouille de Tigre était en route et serait au-dessus de leur position d'ici cinq minutes. Stéphane hésita un instant, puis décida qu'il n'avait pas le temps d'attendre.

Il fit signe à son radio, puis au sergent. Le groupe concentra ses tirs, se joignant à ceux de la tourelle du blindé. Stéphane et le radio se ruèrent hors de l'abri. Moins de quinze secondes plus tard, ils se jetaient derrière les roues du troisième blindé, le souffle court, la poitrine prête à exploser. Marouane les attendait, souriant, une cigarette au bec.

« Bienvenue au paradis, mon adjudant.

— Va te faire foutre.

— Reçu, mon adjudant. »

Devant eux, les échanges de tirs se poursuivaient. Stéphane fit signe aux deux autres sergents de rappliquer et leur expliqua ce qu'il comptait faire en leur montrant la photo aérienne plastifiée qui détaillait le plan du village.

« Ils sont ici. Et un autre élément là-bas. On va passer par la gauche, dans cette ruelle, pour aller les cueillir dans le dos.

— Et s'il y a des renforts ?

— Trente-quatre prendra la sûreté arrière. On peut pas laisser le groupe de tête imbriqué en attendant les hélicos. On a peut-être des blessés. »

Hochements de tête.

« Vous deux, vous faites déplier les panneaux d'identification dans le dos de vos gars. Report de tir à vue, et annonce à la radio à chaque passage de carrefour. Guerrouj, tu coordonnes les tirs des tourelles. S'agit de pas se tirer dessus entre nous.

— Reçu. Je vais rejoindre l'autre taxi, devant.

— Fais gaffe.

— Vous inquiétez pas pour moi. »

Quelques secondes plus tard, Marouane bondit vers l'avant. Il semblait voler malgré le poids de son équipement.

La suite est plus floue, du moins dans la mémoire de Stéphane. Lorsqu'il chercha à reconstituer le déroulement de l'attaque, quelques heures plus tard, dans un bureau avec le capitaine et le colonel, il se souvint d'avoir emmené une quinzaine de soldats avec lui dans une ruelle étroite, ensuite d'être tombé nez à nez avec une poignée d'insurgés qui tentait la même manœuvre qu'eux. Il se souvint aussi d'un rapide échange de tirs et de leur fuite vers le nord, comme il l'espérait. Puis de l'arrivée des hélicos. Les tirs, de nouveau, pour essayer de déloger l'élément ennemi le plus avancé, celui qui clouait au sol Junior et son groupe. Lui revenaient également d'autres ordres, d'autres messages à la radio, la vision en tunnel, et la concentration extrême due à l'adrénaline. Mais rien de très précis. Jusqu'à ce que Junior annonce que l'ennemi se rapprochait. Que Stéphane lui ordonne de claquer un fumigène pour marquer sa position et permettre à l'hélicoptère de traiter les cibles ennemies. Et que la voix de Lulu annonce dans la radio de Junior : « Homme à terre, homme à terre. »

Il se rappelait parfaitement, en revanche, ce qui s'était passé après.

35

Ailleurs

Après leur descente de l'avion, ils rejoignirent le village à pied, sur la colline en face de l'aéroport – en fait d'aéroport, un bâtiment ras aux volets clos et une piste défoncée entourée d'un grillage, posés en plein milieu de la forêt. Maripasoula n'avait plus rien de l'exotisme marin et vaguement colonial de Cayenne. Elle était tout autant écrasée par la chaleur en plus d'être assiégée par les arbres, le moindre interstice entre les bâtiments étant rempli d'une végétation folle qu'il fallait repousser à la machette. Charlier avait l'impression d'être entré dans la gueule d'une bête. Sur le trajet, un orage tropical les avait contraints à s'abriter sous un auvent de tôle. Lorsque la pluie avait cessé aussi brusquement qu'un robinet coupé, il avait eu la sensation de toucher enfin du doigt tout ce qu'il avait pu glaner sur ce pays. Il ne lui manquait que l'expérience intime de la forêt, mais elle était déjà presque partout autour d'eux, avec son faux silence rempli des bruits des animaux et des arbres qui craquent sous le poids des feuilles pourries.

Sur la grand-place, un vaste champ d'herbe rase, un arbre gigantesque planté en son centre, les bancs en fer forgé ornés de motifs floraux et la grosse boîte aux lettres jaune, sur un des côtés, indiquaient les derniers vestiges de la France municipale et administrative qui semblait s'accrocher au cours rapide du fleuve, en contrebas, avec le désespoir d'un naufragé. Le quai de béton, sur lequel trois ou quatre pirogues étaient amarrées, était le seul endroit animé du village. Marouane expliqua qu'on appelait ça un « dégrad » et que, dans la forêt, ce n'étaient souvent que d'étroits talus boueux d'où quelques arbres avaient été arrachés. Presque impossibles à trouver si on ne les connaissait pas, planqués dans les anfractuosités du rivage, derrière les épaisses feuilles de palme qui descendaient caresser le fleuve. Ils étaient les portes d'entrée de la forêt, aussi discrètes que les trappes d'un passage secret.

Sans que quiconque s'en aperçût, Charlier avait pris la main sur le groupe et donnait les ordres. Faire le tour de la ville. Poser des questions. S'arrêter dans une des deux auberges pour y passer la nuit. Le patron qui avait employé Lulu leur apprit que ce dernier était parti deux jours plus tôt, vers le sud certainement, là où les gens vont quand ils veulent s'effacer pour de bon. Trouver une pirogue, chercher plus bas, négocier les prix, une poignée d'euros ou une bouteille de whisky pour la journée. Ils partiraient le lendemain matin. C'était leur dernière chance. La bière du soir, en silence, fourbus, moites, dévorés par les moustiques. La déception mêlée à la fatigue qui s'abat comme une bûche. Et partout la forêt, plus noire que la nuit. Une frontière.

Vers quatre heures du matin, Charlier ouvrit les yeux dans un sursaut. Il se redressa sur le matelas et balaya la pièce du regard. Les murs de la chambre étaient nus, la peinture s'écaillait. Sur le lit voisin, il devina la silhouette de Romain, parcourue du tremblement passager d'un mauvais rêve. Il se leva et sortit.

La terrasse de l'auberge était éclairée par la lumière crue d'une unique ampoule. Stéphane était assis sur les marches, à l'entrée. Charlier comprit qu'il était au téléphone.

« …

— On va rentrer. Je sais pas, d'ici quelques jours je pense.

— …

— On l'a pas trouvé encore, non.

— …

— On veut juste essayer une dernière piste. T'en fais pas. Et si ça donne rien, on rentrera.

— …

— On est là, ce serait con de pas essayer. C'est l'affaire d'un jour ou deux.

— …

— Je sais, je sais. Mais je serai là. C'est promis.

— …

— T'en fais pas, j'te dis. Et je… Je voulais te demander pardon. Pour tout ça.

— …

— Je serai là. Je serai là tout le temps. Je te promets.

— …

— Moi aussi.

— …

— À très vite. Je t'embrasse. Fort. »

Stéphane raccrocha. En rangeant son téléphone dans sa poche, il aperçut Charlier derrière lui. Le lieutenant s'approcha, vint s'asseoir à ses côtés.

« Pas moyen de dormir vous non plus, mon lieutenant ?

— Non. »

L'air s'était rafraîchi. À quelques mètres d'eux, la lisière de la forêt grondait comme un animal endormi. Stéphane sortit un paquet de cigarettes de la poche de sa chemise.

« Je les ai piquées à Guerrouj. Vous en voulez une ? »

Charlier toussa avec la première bouffée. Stéphane sourit.

« Essayez de pas commencer, mon lieutenant. Vous êtes pas obligé d'être aussi con que nous. »

Ils fumèrent en silence pendant quelques instants.

« Vous croyez qu'on va le retrouver, mon adjudant ? Et si on le retrouve, qu'on pourra le faire rentrer ? Rentrer vraiment, je veux dire. »

Stéphane réfléchit.

« Je sais pas, mon lieutenant. Si on y arrive, on aura fait un bon bout de la route pour lui. Ce qui se passera après, ça n'appartient qu'à lui. Et à sa femme, et à son gosse. » Il marqua une pause. « La famille, c'est la meilleure raison de rentrer. De rentrer vraiment, comme vous dites. C'est sans doute la seule chose qui puisse nous faire rentrer. Tous. Lui, moi, Marouane. Vous y viendrez aussi.

— Je suis pas encore parti.

— C'est rien de partir, mon lieutenant. Vous verrez. C'est vivre avec, vivre après. C'est ça qui est difficile. »

Il jeta son mégot devant lui, dans la ruelle. Le bout incandescent de la cigarette scintilla une minute avant de s'éteindre doucement. Stéphane eut un geste pour se lever.

« Et l'épreuve du feu ? »

Charlier avait parlé très vite pour le retenir. Il se mordit la lèvre, regrettant aussitôt sa question. Stéphane lui adressa un regard bienveillant, un peu triste. Paternel.

« C'est pas ça, la vraie épreuve. Le… le premier combat, vous êtes toujours prêt. On est bien entraînés. Les mecs sont sûrs, vous verrez. La mémoire musculaire fait le reste. Non, le vrai test, l'épreuve comme vous dites, c'est celle du désespoir. »

Charlier ne dit rien. Stéphane se gratta l'avant-bras d'un geste absent. Il fixait le bout de chemin droit devant lui.

« C'est quand vous savez plus si vous allez y arriver. Je vous le souhaite pas, hein, mais il peut venir, ce moment où vous savez ce qu'il y a à faire et ce qu'il faut dire, mais où chaque mot qui sort de votre bouche est une torture. Ce moment où vous aurez juste envie de vous rouler en boule dans un coin et d'attendre que ça se passe, mais où il faudra quand même donner des ordres, garder un regard clair et une voix assurée parce que les mecs, eux, ils ont besoin de vous. Vous vous concentrerez très fort pour pas trembler. Ce désespoir-là, mon lieutenant, ce truc qui vous saisit, cette angoisse d'échouer et de faire mourir des gens à cause de ça, c'est ça, la vraie épreuve.

— Junior, c'était ça ? Votre épreuve ? »

Stéphane sourit.

« Non. C'était une autre mission, y a plus longtemps. Je vous raconterai un jour. »

Ils restèrent silencieux un instant.

« Je vais essayer de dormir un peu. Faudrait pas qu'on rate la pirogue tout à l'heure.

— Bonne fin de nuit, mon adjudant.

— Merci. » Stéphane se leva, les jambes un peu engourdies. « Merci pour tout, mon lieutenant. »

Charlier hocha lentement la tête, puis regarda Stéphane rentrer. Il écouta la nuit bruisser quelques minutes et crut apercevoir les premières lueurs de l'aube au-dessus des arbres, là-bas, sur la place du village. À son tour, il retourna auprès des trois autres, espérant arracher une heure ou deux au sommeil.

Vers six heures du matin, sur le dégrad en béton de la ville, ils retrouvèrent un Amérindien au visage sévère qui leur dit s'appeler Diego. Ils se tassèrent dans sa pirogue et partirent vers le sud alors que le soleil se levait à peine, chargé de la promesse d'un air brûlant. Ils virent le reflet des dernières maisons de Maripasoula dans les eaux sombres du fleuve. Marouane, Trègue et Charlier se perdirent dans la contemplation du paysage monotone qui s'étirait sur les rives. Stéphane, lui, repensait à tout ce qui lui avait échappé lors de son dernier séjour. À tout ce qu'il aurait pu écrire dans ses carnets, s'il en avait tenu.

La forêt autour d'eux semblait s'ébrouer comme une bête paresseuse. Et ils espéraient d'elle un indice, un signe, ou un miracle.

36

Ailleurs

La pirogue avançait lentement en suivant le cours du fleuve qui rétrécissait à mesure qu'ils s'enfonçaient dans les terres. De temps en temps, Diego pointait du doigt un dégrad caché sous les arbres. Ils s'en approchaient, moteur au ralenti, à la recherche d'une trace de passage. Ne voyant rien, ils repartaient vers le suivant. Diego, qui chantonnait une comptine dans sa langue mystérieuse, était le seul à s'autoriser à rompre le silence.

Trègue ne pensait pas à Lulu. Il pensait à son gamin, le petit bonhomme qu'ils avaient aperçu chez Aurélie quelques semaines plus tôt et dont il n'arrivait pas à se rappeler le prénom. Depuis peu, les enfants le terrifiaient. Leur sincérité brutale. Leurs yeux, surtout leurs yeux. Ça n'avait pas toujours été comme ça : ses frères et sœurs, mariés jeunes, avaient tous des gosses, neveux et nièces d'une tribu joyeuse et bruyante qu'il croisait une ou deux fois par an lors des réunions de famille. Il avait accepté sans regimber le rôle du tonton rigolo, qu'il avait endossé jusqu'à ce qu'il parte en mission avec une autre compagnie pour remplacer un jeune sergent mort au combat.

Il l'avait senti d'emblée. La mort de Junior avait mis un sérieux coup au bataillon. Il avait bien vu que les opérations étaient plus prudentes, plus méthodiques, plus prévisibles aussi. Il leur restait un mois avant l'arrivée de la relève, il s'agissait de ne pas prendre de risques. Insidieusement, le « à quoi bon ? » avait fait son chemin dans la tête des chefs. Par conséquent, la compagnie et la section furent relativement épargnées lors des dernières semaines. Moins de missions, souvent des patrouilles de routine dans des secteurs peu exposés, et presque pas de contact avec l'ennemi qui, par un étrange jeu de miroir, s'était lui aussi fait plus discret, moins agressif. Trègue se demandait parfois s'il y avait eu un Junior chez eux aussi, un jeune type souriant et plein de promesses qui n'était pas rentré de l'embuscade.

Une fois seulement, ils furent accrochés à la sortie d'un village. Tout annonçait l'accident et l'impréparation, comme si les deux forces, en cherchant soigneusement à s'éviter, devaient tomber face à face au détour d'une ruelle. Une rencontre inattendue et malchanceuse. Il avait fallu se mettre à l'abri, courir, riposter, appeler les appuis, attendre les hélicoptères engagés ailleurs, prolonger le contact parce que personne ne veut céder le premier. L'orgueil involontaire du fantassin qui s'accroche au terrain, par instinct, ce réflexe animal de ceux qui font la guerre collés au sol.

Trègue revivait la scène nuit après nuit. Son groupe s'était abrité dans un fossé, face à la direction des tirs, et ils avaient riposté, méthodiquement, en prenant garde à économiser les munitions. Les véhicules étaient loin.

Devant eux, le champ. Pas grand, peut-être vingt mètres de large et cinquante de profondeur. Une femme traverse en courant. Dauphel hurle de cesser le feu. « Cessez le feu bordel ! Cessez le feu ! » Une rafale part quand même. D'en face ? À côté ? Aucune idée. La femme tombe. Elle bouge encore, c'est la jambe, c'est sûrement la jambe. On l'entend qui pleure ou qui crie ou qui gémit, Romain ne sait plus vraiment. Le bruit d'une porte qui claque derrière lui. Un petit bonhomme qui se rue vers la femme. Sa mère ? Lulu le chope par le col au moment où il saute par-dessus le fossé. Le plaque au sol et le colle dans les bras de Romain. « Tenez le gosse sergent, faut pas qu'il sorte il va se faire dézinguer aussi. » Alors il tient le gosse qui pousse des petits cris comme un chiot dans une cage. Les mecs s'inquiètent : « Faut qu'on aille la chercher sergent, la bonne femme. Faut y aller sergent elle va mourir sinon. Faut qu'on sorte. On appelle l'adjudant, un groupe en appui, paf, boule de feu, on fait baisser les têtes et on y va. » Romain entend les hélicos. Tente de les ramener à la raison : « Arrêtez vos conneries les mecs c'est un billard devant je veux pas avoir trois connards de plus à évacuer. Si si, c'est un Tigre ça, ils arrivent, ils vont leur mettre la paille au cul et ça va se calmer. On attend. » Et le gamin dans ses bras, tassé contre les plaques de kevlar de son gilet, qui pousse toujours ses petits cris. Et qui le regarde. Ses yeux, bordel, ses yeux. Il ne se débat même plus. Il se contente de le regarder. Il ne cille pas. Les mecs autour continuent à tirer.

Les hélicoptères mirent la poignée d'insurgés en fuite en quelques minutes. Trègue finit par relâcher le gosse. C'était trop tard pour la femme. Le doc vint inspecter le corps. « C'est pas nous, c'est de la blessure de kalach' ça. » Il avait l'air sûr de lui.

La section était indemne, pas une égratignure, juste les bouches pleines de ce rire nerveux chargé d'adrénaline qu'on a après. Quel coup de bol, quand même. Trègue revoyait le gosse, six ans peut-être, peau claire, yeux noirs, cheveux ébouriffés. Il songea à cette phrase qu'on lui avait dite au début : « Tu verras, tous les gosses se ressemblent dans les pays en guerre. » Quand ils étaient sortis de leur fossé, le gamin s'était précipité vers la maison sans aller voir le corps de la femme. Peut-être que ce n'était pas sa mère, finalement. Mais avant de passer la porte, il s'était retourné, fixant Trègue d'un regard sans l'ombre d'une trace de colère. L'interrogation terrible des yeux d'enfant.

Trègue y repensait toutes les nuits depuis. Ses immersions interminables dans la vie numérique des autres ne suffisaient plus à brouiller les images. Une semaine après, ils étaient rentrés. Les yeux du gosse avec lui, dans le fond de sa tête.

Un éclat de couleur vive vint interrompre le fil de ses pensées. Pas loin, peut-être à trente mètres, juste au-dessus de la rive.

Une pirogue.

Il secoua la tête. Plissa les yeux pour mieux voir. Se leva en criant, faisant dangereusement tanguer leur embarcation.

Diego, impassible, fit gracieusement pivoter la pirogue pour les emmener sur la rive.

37

Là-bas

Jusqu'à ce que le sergent soit touché, Lulu s'était dit qu'ils avaient eu trop de chance. Trop de chance que l'IED pète vingt mètres derrière leur blindé, assez proche pour crever les pneus et pour que Doudou tombe dans les pommes sous l'effet du choc, mais trop loin pour causer de vrais dégâts. Trop de chance qu'à la sortie de l'engin, un peu secoués, ils arrivent tout de même à identifier l'origine des tirs ennemis et à se planquer, en bon ordre, derrière les bouts de mur ou les angles de maison sans qu'aucun d'eux soit touché. Trop de chance que les insurgés n'aient pas réussi à les isoler du reste de la section. Trop de chance que la manœuvre de l'adjudant, derrière, leur permette de gagner un peu d'air dans l'échange de tirs, juste avant l'arrivée des hélicoptères. Trop de chance que la balle qui visait Dauphel se contente de ricocher sur son casque, et qu'il en rigole, incrédule, avant de reprendre ses esprits et de recommencer à tirer. Trop de chance pour que ça dure.

Et puis le sergent avait dégoupillé son fumigène. Il avait fait signe de ne pas bouger. Il souriait, ce con, il souriait toujours. Lulu aurait même juré qu'avant de se dresser, Junior avait fait un clin d'œil aux mecs accroupis derrière leurs bouts de muret autour de lui. Ensuite, il avait lancé la lourde grenade cylindrique devant eux, pour marquer la pointe avant du dispositif du groupe. Il avait suffi d'une explosion, à une dizaine de mètres à peine, dans la fraction de seconde où il s'était dressé. Une roquette. Il était tombé en arrière sans un cri. Simplement le choc sourd de son corps heurtant le sol. Une seconde plus tard, la fumée rouge jaillissait de la grenade en flots épais. Une seconde de plus et les tirs du Tigre claquaient au-dessus de leurs têtes. Canon de trente millimètres. Précis, mortel.

Mais à ce moment-là, ni Lulu ni les autres n'y faisaient attention. Il avait hurlé, par réflexe, dans la radio de Junior, « homme à terre, homme à terre » comme à l'entraînement. Puis, à l'attention de Dauphel, dont l'équipe était la plus avancée : « Tu appuies. » À l'autre chef d'équipe : « On extrait. »

Le caporal avait compris tout de suite. Il avait crié « *pick and run, pick and run* ». Les fusils de Dauphel avaient craché le feu vers l'ennemi. Les trois autres soldats avaient saisi le sergent par les bretelles de sa frag et l'avaient traîné vers l'arrière, pour le mettre à l'abri. Lulu, en un bond, les avait rejoints derrière le blindé.

Il avait regardé la blessure. Sans avoir l'expertise d'un auxiliaire sanitaire, il avait trimballé son lot de blessés pour comprendre un minimum de choses. Il vit tout de suite : la plaie à la cuisse, le sang qui coulait, trop vite, le sergent déjà pâle qui continuait de sourire.

« Quel con, pourquoi je me suis levé, y avait pas besoin…

— Chut sergent, fermez-la, on va s'occuper de vous. »

Lulu pensa : la fémorale. Vite, le garrot. Puis : le message, la demande d'évacuation.

Tout se joue dans les premières minutes, lui avait-on répété pendant toutes ces années. Il laissa l'instinct le guider. Donna des ordres aux trois soldats autour de lui. « Toi, le garrot. Toi, la morphine. Toi, la couverture de survie. Tu lui causes, tu lui mets des baffes, faut pas qu'il s'endorme. » Hochements de tête. « Reçu, caporal-chef. » Il appuyait de toutes ses forces sur la plaie, le temps que le soldat prenne le garrot sur le gilet du sergent et vienne le placer autour de sa cuisse. Le saignement ralentit et sembla s'arrêter tout à fait.

Lulu fit un pas en arrière, essuya ses mains poisseuses sur son pantalon et sortit son carnet plastifié d'une des poches de son gilet. Il chercha fébrilement le message de demande d'évacuation sanitaire. Les coordonnées. L'indicatif. Où poser un hélico ? Derrière, à la sortie du village. Penser au brancard, à la sécurité. Il commença à remplir les différentes rubriques. Comme à l'entraînement.

Il ne remarqua pas tout de suite que les tirs avaient cessé. Il ne sortit de sa bulle que lorsque Stéphane fut en face de lui, à lui dire « ça va aller, Lulu, ça va aller ».

L'adjudant avait pris le relais. Marouane envoyait les coordonnées de la zone où poser l'hélico. Un autre groupe arrivait avec le brancard. Sentant sa tête tourner, les mains couvertes de sang, Lulu s'éloigna, pris d'un spasme violent. Il se pencha et vomit. Autour d'eux, la fumée, son odeur. Ils devinaient le bourdonnement lointain des deux hélicoptères, dans le ciel, qui chassaient leurs derniers ennemis avant qu'ils se fondent dans la nature.

Lulu entendit, à la radio, la voix du capitaine. Dix minutes avant l'évacuation par hélicoptère. Le médecin de la compagnie arrivait aussi, sous escorte et par la route, au cas où l'hélico ait du mal à se poser.

« S'agit de pas traîner », dit l'adjudant. Quatre soldats saisirent les poignées du brancard souple, un simple rectangle de toile plastifiée, et hissèrent Junior à hauteur de leur taille. Lulu allait les suivre. Il interpella le caporal :

« Dauphel.

— Caporal-chef.

— Tu prends le groupe. Sûreté à 360 et un point des munitions. Je vais aller mettre le sergent à l'hélico. Je reviens.

— Reçu. »

Il rejoignit l'équipe du brancard en quatre grandes enjambées. Marouane les attendait à la sortie du village, un fumigène à la main. Allongé, les yeux fermés, le sergent souriait.

38

Ailleurs

Il n'y arriverait pas. Il avait fait demi-tour trop tard. Il en était sûr, désormais. Il essayait en vain d'allonger le pas. Ses jambes engourdies par la déshydratation refusaient d'avancer plus vite. La forêt se refermait sur lui. Elle allait l'empêcher de sortir, l'engloutir et le digérer. On ne le reverrait jamais. Il gémit, rentra la tête dans les épaules, décidé à se battre malgré tout.

La pirogue l'avait tiré jusqu'à Cayodé, puis Twenké, si c'était bien ça le nom du patelin ? Il ne s'y était pas arrêté. Trop proche, trop douloureux. Il avait poussé le long du fleuve, passant les sauts imprudemment, l'esprit et les bras en pilotage automatique. Plus loin, encore plus loin. Arriverait inévitablement un rocher, un tronc d'arbre entre deux eaux qui renverserait sa petite embarcation. Les courants feraient le reste. Un truc net, carré, comme à l'armée.

Enfin, il y avait eu le dernier saut, énorme, presque une chute d'eau. Et au dernier moment, sa main tirant sur la poignée et lui évitant de venir s'empaler sur une arête de pierre tranchante comme un rasoir. Le choc mou du bois contre la terre. Le sentier presque vierge, sa lumière douce.

Il avait perçu un sifflement dans les lianes. Un appel.

Au même moment, le moteur s'était mis à tousser. Plus d'essence ? L'hélice prise dans un enchevêtrement de racines ? Peu importait. Il avait sauté sur la terre ferme, tiré comme il avait pu la pirogue vers la forêt. Quelqu'un la retrouverait peut-être. Il s'en foutait. Ses pieds avaient fait le reste. Il s'était enfoncé dans la forêt, suivant le layon étroit entre les arbres. Se baissant pour éviter de remuer les lourdes feuilles de palme, devinant les nids de mouches à feu accrochés en dessous. Les odeurs de la forêt, les bruits de la forêt. Il lui fallut des heures pour se rendre compte qu'il avait laissé son sac dans la pirogue. Pas d'eau, pas de lampe, pas de nourriture. Juste un couteau dans sa poche. Un briquet presque vide. Pas de cigarettes, et merde. Il n'avait pas fait demi-tour.

Junior était partout. Dans le cri des singes hurleurs au-dessus de sa tête. Dans l'écorce d'un arbre tombé en travers de la piste. Dans le chuintement de ses semelles sur la boue du sentier. Il s'était mis à courir pour lui échapper.

Va te faire foutre, pensait-il, sans savoir s'il s'adressait à Junior ou à lui-même. Il avait chaud. Il s'était penché en franchissant une crique pour boire. L'eau avait le goût de la terre. Il avait senti les grains de sable sur sa langue, entre ses dents, et le grondement de protestation de son estomac. La nuit avait fini par tomber, il avait continué. On lui courait après. Il trébuchait, ne voyait rien, se relevait, repartait. Essoufflé. Stéphane lui apparut. Puis d'autres visages, d'autres silhouettes, ses amis, ses morts, ses fantômes. Il accélérait, priait pour ne pas s'écrouler, pour ne pas dormir. Lulu ne voulait plus dormir, il avait assez dormi, ça suffisait, merde. Il voulait être seul, définitivement seul.

L'épuisement le rattrapa avant que les premières lueurs du jour ne viennent percer sous la canopée. Ses jambes finirent par lâcher et il s'écroula à terre. Il gémit, ferma les yeux, et s'endormit presque aussitôt. Une minute ? Cinq minutes ? Une heure ? Cinq heures ? Un serpent vint frôler sa jambe, il ne le sentit pas. Les insectes le laissèrent en paix. Pas encore mort. Trop gros. Le sol de la forêt se chargerait de le digérer le moment venu.

En ouvrant les yeux, il eut un éclair de lucidité.

Il pensa à son fils. À sa mère – sa femme. Écarquilla les yeux pour tenter de revoir leurs visages. En vain. Même celui de Junior. Il les avait oubliés. Il était seul. Il fallait rentrer. Rentrer tout de suite. L'évidence, cette fois implacable.

Il s'était relevé, le corps flageolant. Les genoux gonflés, les muscles raidis par l'effort et la déshydratation. La pirogue. Le fleuve. Demi-tour.

« Tu m'auras pas, Junior. » Sa voix enrouée comme un croassement en réponse à la plainte lointaine d'un singe hurleur.

Sauf que Junior n'était plus là. Il y avait cette femme, belle et patiente, et ce gosse, mais comment s'appelait-il ?

Ou alors c'était une autre femme, un autre pays ? Une balle perdue. Un autre gosse. Le sergent qui le tient serré contre lui, en passant une main dans ses cheveux. Le gamin qui gémit, qui se laisse faire. Il avait vu la femme mourir en quelques minutes. Un dernier râle avant le silence. Mais c'était ailleurs. Un autre endroit, un autre moment. Une autre femme. Pas les siens. Il fallait rentrer. Lulu distinguait plus nettement les visages à chaque pas en avant. Encore un effort. Quelques heures, quelques jours. Il avait leurs prénoms sur le bout des lèvres. Et derrière lui, le fantôme de Junior s'éloignait en souriant.

Se dépêcher.

Autour de lui, l'air épaississait. Touffu, moite, lourd. La morsure de la douleur dans ses cuisses. Il fit une courte halte, la même crique, la même eau sablonneuse. Faut arriver avant la nuit. Je suis plus très loin. Il se répétait ces deux phrases comme un mantra.

Dernières étincelles de lucidité derrière ses yeux.

Il sentit le voile noir s'approcher, l'envelopper, résista un instant.

Il s'écroula vers l'avant avec un bruit d'arbre mort.

39

Ici

Aurélie regardait Mathis, très sérieux sur son cheval de bois. À chaque rotation du carrousel, elle lui faisait un petit signe de la main. Il ne répondait pas, concentré sur sa chevauchée. Les mains crispées sur les rênes de cuir. Le regard droit devant, entre les oreilles de bois. Vieille peinture des choses qui tournent toujours.

T'es bien le fils de ton père, se dit-elle en souriant.

Noël approchait, elle l'avait emmené faire quelques achats en centre-ville, pour sortir de leur maison trop grande et trop vide. Il pleuvait, comme souvent, mais les lumières des guirlandes accrochées en travers des petites rues piétonnes coloraient les murs et se reflétaient dans les gouttes d'eau ruisselant le long des vitrines. Tout compte fait, on n'était pas si malheureux.

Mathilde l'avait appelée ce matin et lui avait parlé de cette expédition en Guyane pour chercher Lulu. Elle n'avait pas su répondre. Elle avait murmuré quelques banalités, ne pas s'emballer, pas de faux espoirs.

Elle viendrait chez eux avec Mathis pour Noël, oui, avec plaisir. Merci, merci.

Le tour de manège prit fin. Elle vint chercher Mathis, toujours cramponné à son cheval. Il tendit ses bras en la voyant. Grand sourire. Ils repartirent vers le café au coin de la place.

« Tu crois qu'ils ont du chocolat chaud, ici ? »

Mathis écarquilla les yeux, l'air gourmand.

« On va aller demander, d'accord ? »

Il partit devant elle, d'un bond, en sautillant, évitant habilement les flaques sous le crachin de décembre. Elle fut brutalement saisie d'une bouffée d'angoisse, quelque chose de violent qui l'arrêta sur place. De l'angoisse, ou bien de l'amour ? Elle se précipita sur les talons de son fils, le saisit par la manche et le prit dans ses bras. Elle couvrit son visage de baisers rapides. Lui, surpris, riait aux éclats. Morceaux de cristal au milieu de l'obscurité.

« Tu chatouilles, Maman, arrête ! »

Elle plongea son regard dans le sien. Le serra plus fort. Il vint caler sa tête dans le creux de son épaule. Non, elle ne pleurerait pas. Merde, on pleure bien assez comme ça.

Elle pensa si fort à lui, c'était idiot, comme s'il avait pu les voir, Mathis et elle. Comme s'il les entendait.

Derrière eux, le carrousel poursuivait sa course, avec la même musique lancinante ponctuée des éclats de rire des enfants.

40

Ailleurs

C'était Lulu, c'était forcément Lulu. Trègue avait vu un reflet sur l'hélice du moteur de sa pirogue, entre les arbres. C'était un miracle. Sans lui, ils auraient raté le dégrad.

Diego les fit accoster le long de la fine bande de terre et leur indiqua des traces de pas de part et d'autre de la marque plus profonde laissée par la pirogue dans la terre.

« Hier, ça. »

Stéphane sauta hors de l'embarcation. Lulu – c'était lui, c'était forcément lui – avait tiré sa pirogue sur quelques mètres jusqu'à un léger replat au-dessus de la berge. Il avait laissé le moteur apparent, hélice vers le haut, comme un phare. Il y avait un sac dans le fond du bateau. Ils l'ouvrirent. Pas de téléphone, une bouteille d'eau. Un carnet dont les premières pages étaient recouvertes de notes brouillonnes. Un portefeuille. Plus de doutes.

Diego les avait rejoints.

« Il est parti par là. Mais il y a rien par là. »

Stéphane se tourna vers les trois autres.

« Mon lieutenant, on va y aller avec Guerrouj et Trègue. S'avancer un peu dans le layon. »

Charlier ouvrit la bouche pour protester. Stéphane leva la main pour l'interrompre.

« Cherchez pas. Vous repartez avec Diego. Arrêtez-vous à Twenké et appelez les gendarmes depuis le poste. Ils viendront, ils ont pas le choix. Vous leur expliquez le truc. Dites-leur de venir avec du matos. On sait jamais. On ira pas loin. Dans deux heures, trois max, on est de retour. En tout cas avant la nuit. Avec ou sans lui.

— Mon adjudant…

— Arrêtez de m'appeler comme ça. Je sais. Je sais. Il a au moins vingt-quatre heures d'avance, pas d'eau, pas de sac, et il peut être n'importe où. Tant pis, on le tente. Et avec du bol on le ramène. Je sais que vous comprenez. »

Charlier n'eut rien à ajouter.

« Bon, dit-il à Diego, qui fumait une cigarette, visiblement sceptique à l'idée que leur ami se soit enfoncé dans cette partie de la forêt. On y va, camarade. »

Il se retourna vers Stéphane et les deux autres.

« Faites attention à vous. »

Marouane lui tendit la main, maladroitement.

« Merci, mon lieutenant. »

Lieutenang'. Charlier sourit, serra la main que Marouane lui tendait.

Les traces étaient faciles à suivre. D'autant qu'il n'y en avait pas d'autres. Trègue, derrière, comptait les pas en chuchotant – Stéphane lui avait dit « pas plus de trois kilomètres ». À intervalles réguliers, il annonçait à voix haute : « Cent mètres ! Deux cents mètres ! » Marouane ne disait rien, observait autour de lui, à ses pieds, devant, partout, sondant l'épaisse forêt à l'affût du moindre signe.

Le layon était large et suivait un terrain peu accidenté. Ils mirent moins d'une heure pour parcourir les trois kilomètres. Les traces de pas continuaient devant eux, jusqu'à un virage plus serré vers la gauche et qui contournait une palmeraie.

« Mon adjudant, commença Trègue.

— Je sais, je sais. Trois kilomètres.

— C'est ça. »

Il s'arrêta. Il s'agissait de ne pas se laisser happer par la forêt. De ne pas se laisser déborder par son magnétisme. Trop nombreux étaient ceux qui avaient fait cette erreur. On se perdait. On ne ressortait plus.

Marouane les dépassa : « Je vais juste voir derrière le virage, mon adjudant. Je reste à vue. »

Il parcourut la vingtaine de mètres en quelques foulées rapides et s'immobilisa à hauteur du virage, fixant la piste devant lui. Ouvrit la bouche. Tourna la tête vers les deux autres. Puis il commença à courir.

Lulu.

Stéphane et Trègue s'élancèrent derrière lui une fraction de seconde plus tard.

41

Là-bas

Lulu se pencha vers Junior. Ses joues étaient pâles, mais la morphine avait commencé à adoucir les traits de son visage. Sur son front, un « M » majuscule avait été tracé au feutre noir, comme à l'entraînement. Junior ouvrit les yeux. Il sourit à nouveau.

« T'as pas un groupe à commander, toi ?

— Sergent, vous devriez économiser vos forces. Et arrêtez de vous marrer tout le temps, si c'est pas trop vous demander.

— C'est… c'est trop me demander. » Il s'arrêta, un instant, puis fronça les sourcils. « Le groupe ? Doudou ?

— Tout le monde va bien, sergent. Doudou nous a juste fait un petit salto au moment de l'explosion. Les autres sont en pleine forme.

— Fallait bien qu'un connard prenne pour tout le monde.

— Taisez-vous, sergent. »

Junior ferma les yeux. Lulu lui passa la main sur le front, un geste trop doux pour son corps anguleux. Il leva les yeux et regarda autour de lui. Le calme était revenu dans le village. Au loin, il aperçut une femme flanquée de deux gamins qui sortait de chez elle avec trois gros seaux en plastique, sans doute pour aller à la rivière. C'était terminé.

Les deux Tigre avaient repris de l'altitude et tournaient en rond dans le ciel limpide, attendant l'hélicoptère d'évacuation pour Junior. Les soldats de la section étaient toujours aux aguets, fusils pointés tout autour d'eux, le doigt juste au-dessus de la détente, mais Lulu décelait déjà les signes de la tension diminuant. Untel qui enlève rapidement son casque pour se passer un filet d'eau sur le crâne. Tel autre qui allume une cigarette et la fait passer à son binôme. Un peu plus loin, l'adjudant essayait de comprendre si le blindé qui avait perdu ses pneus pendant l'attaque pourrait rentrer à la base sans être remorqué. Marouane, grands gestes et voix excitée, soutenait que oui. Il a raison, pensa Lulu.

Quelques minutes s'écoulèrent. Junior sembla reprendre connaissance.

« Il fait quoi, mon taxi, Lulu ? Pas moyen d'être servi correctement dans ce… dans ce pays de cons. Pays de cons et… et métier de cons.

— Vous arrêtez jamais de dire des conneries, sergent ? » Lulu sentait sa gorge se nouer. « Il arrive, le taxi. »

Au même moment, l'adjudant cria dans sa direction : « Une minute pour l'évacuation ! »

Junior se saisit brusquement de la main de Lulu, la serrant de toutes ses forces.

« Regarde-moi.

— Sergent.

— Prends soin des gars. Fais attention à toi, Lulu, surtout… Surtout fais attention à toi. Tu… tu sais.

— Je sais, sergent. »

Junior ferma les yeux. Au loin, Lulu entendait le bourdonnement de l'hélicoptère. Plus de temps. On n'a jamais de temps. Et toujours trop peu pour les choses qu'on ne sait pas dire.

Lulu prit sa décision.

Il glissa son autre main sous la couverture de survie de Junior, cherchant sa cuisse, le garrot. Ses doigts vinrent trouver le mécanisme de fermeture, la petite vis qui tenait les sangles du garrot serrées autour de la jambe. Il fronça les sourcils, sentit son regard se troubler, son pouls accélérer. Il desserra très légèrement la vis du garrot. Un tour, un tour et demi. Presque rien, mais c'était assez.

Il retira sa main d'un geste vif comme s'il s'était brûlé.

« Je suis désolé. » Sa voix était étranglée. Il tremblait. « Sergent. Je suis désolé. »

Junior ne rouvrit pas les yeux mais sa main serrait toujours celle de Lulu, et il lui sembla un instant qu'il la serra plus fort, avant de relâcher l'étreinte.

L'hélicoptère vint se poser au milieu des arabesques de fumée rouge. Quatre soldats se saisirent du brancard et emportèrent Junior vers l'évacuation, vers l'hôpital, vers le docteur. Lulu suivit le brancard à deux ou trois mètres, fixant le visage de Junior, priant pour qu'il ouvre les yeux.

L'hélicoptère repartit. Il avait suffi d'une trentaine de secondes. Lulu cligna des yeux, ses larmes vinrent tracer de fins sillons sur ses joues. Il observa ses mains.

Elles étaient poisseuses, couvertes du sang de Junior, qu'il essuya sur la jambe de son pantalon.

Il resta immobile, debout, au milieu de la zone de poser. Stéphane se porta à sa hauteur.

« On va y aller, Lulu.

— Reçu, mon adjudant. »

Stéphane posa sa main sur son épaule.

« Ça va aller, avec les gars ? »

Lulu secoua la tête, comme pour chasser un mauvais rêve.

« Ça va aller, mon adjudant. Faut qu'on ramène ceux qui restent. »

Il ramassa son arme et partit en direction de son groupe, dans le village. Plus bas, près de la rivière, les deux gamins couraient en riant aux éclats. La femme suivait d'un pas lent, la tête haute, ses seaux à la main. La vie reprenait doucement, comme chaque fois.